KB149010

인어수프

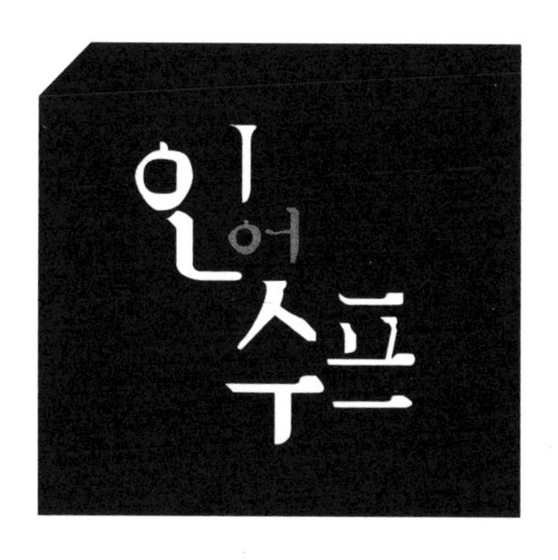

야마다 에이미 지음 | 김난주 옮김

북스토리

Y · A · M · A · D · A · A · M · Y

Contents

인어수프 7

해설 201

맨 처음,

맨 처음, 나는 남자의 얼굴에 침을 뱉었다. 그러고서 나를 둘러싼 모든 것에. 그런 후 나는 몹시 피곤해졌다. 나는 내내 모르고 있었다. 나 자신을 아주 강하다고 느끼면서 미소 짓고 있었다. 하지만 그것은 몸 안에 천천히 쌓이는 알레르기성 물질처럼 내 마음속에 겹겹이 쌓여왔던 것이다. 그리하여 어느 날, 넘쳐흘렀다. 내 목구멍까지 파먹은 혐오와 우울이 타액과 함께 불쑥 터져나왔다. 나는 그 봇물을 억누를 수 없었다. 마치 꽃가루 때문에 터져나오는 기침을 참을 수 없는 것처럼.

가장 먼저 놀란 것은 나 자신이었다. 이어 그가. 그 순간 그는 대체 무슨 일인지 모르겠다는 표정을 지으며 뺨에 붙은 뜨뜻미지근하고 신선한 나의 혐오를 손등으로 닦아냈다. 그리고 말했다. 이런 짓을 해야 할 관계는 아니었을 텐데. 그는 아주 더러운 것을 만지고 말았다는 얼굴로 젖은 손등을 손수건에 대고 비볐다. 아아, 끝나는 거야 이제. 나는 중얼거렸다. 과거에는 그의 입 속으로 흘러들었던 그 달콤한 액체가 그저 단순한 오물로 변하는 것을 본 나는, 아연한 기분으로 일어나 그 자리를 떠났다.

비행기 안에서, 나는 내 온몸이 바짝 메말랐다고 느꼈다. 나는 무턱대고 백포도주를 내 몸에 부어넣었다. 하지만 그것은 몸 안 여기저기에 얼룩을 만들었을 뿐, 나를 구해주지는 않았다. 아아, 아프다. 나는 그렇게 말한다. 하지만 어디가? 내 몸에 무슨 상처가 생긴 것은 아니다. 그렇다면, 마음에 상처를 입었나? 그렇지도 않다. 나는 지금까지 내가 원하는 것이면 모두 취했다.

딱 한 번 그것을 취하지 못했다고 해서 마음 아파할 만큼 나는 연약하지 않다고 여겼다. 그런데 내 몸 어딘가에 병이 들었다. 옴이 붙어 숨도 못 쉴 정도의 고통에 시달리며 자신의 피부를 긁고 쥐어뜯는다. 그리고 비명을 지른다. 가려워서. 아파서. 그리고 아직은 절망스럽지 않아서. 내 병은 어쩌면 그와 비슷하다. 진드기가 내 맛있는 부분에 들러붙어 떨어지지 않는다. 그리고 모공을 찾아 파고든다. 내 손은 거기까지 닿지 않는다. 부탁이야, 누구든 좀 긁어줘. 나는 울부짖으며 도움을 청한다. 그러다가 포기한다. 나는 자포자기한 기분으로 꼼짝하지 않는다. 가려움이 내 온몸을 질주한다. 나는 소리를 지르려고 두 손을 뺨에 댄다. 그러나 벌린 입은 물기 하나 없이 메말랐고 성대는 시들었다.

나는 막연하게, 지금까지 내게 주어졌던 역할을 생각한다. 드레스처럼 추문을 걸친 계집. 세상이 나를 인정했기 때문에 상식이 추문으로 바뀐 것이다. 나는 그렇게 생각하며 평정을 유지했다. 아니, 그것을 귀에 단

큼지막하고 아름다운 귀걸이처럼 가지고 놀고 찰랑찰랑 흔들어 보였다. 하지만 나 자신은 그것이 값비싼 보석이 아니라는 것을 알고 있었다. 그것은 명성이란 덮개를 쓰고 무게를 더했을 뿐이었다.

나는 소설을 쓴다. 그리고 놀기를 좋아한다. 나는 늘 몸에 착 휘감기는 드레스를 입고 거리를 나다닌다. 때로 그것은 잠옷이 되어 내 몸 아래서 구겨진다. 나는 남자를 좋아한다. 나는 따끈하고 달콤한 것을 좋아한다. 그런 것들은 나를 아주 안락하게 해준다. 나는 늘 그런 것들을 찾아다녔다. 예를 들면 내 혀를 사랑하는 술. 나를 마음껏 즐기게 해주는 돈.

돈을 얻기 위해서 나는 끝내주는 남자를 사용하여 쾌락을 탐닉했고, 그것을 마무리 짓기 위해 술을 샀다. 몸을 판 것은 아니다. 다만 모두들 나를 좋아했던 것이다. 남자들을 나를 즐겁게 해주었다. 나는 정말 행복했다. 그리고 너무 배가 불러 때로 토할 것 같으면, 나는 그것들이 아까워 펜을 쥐었다. 내가 토해낸 오물은 내 손을 타고 흘러내려, 반짝반짝 빛났다. 그것들은 언젠가는 비싼 값에 팔리리란 것을 모르는 채 무심히 흘러내렸다.

사람들이 나를 창부 같다는 수식어를 붙여 형용했을 때, 나는 무척 놀랐다. 누구든 다 하는 일 아니었나? 나는 조금은 기분이 상해 중얼거렸다. 남자들은 나를 기분 좋게 해주었고, 나 역시 그들을 기분 좋게 해주었다. 그리고 나는 돈이 조금 필요했다. 나는 남자들이 내게 건네는 돈을 상금이라고, 그들의 자상함이라고 생각했다. 그래서 나는 늘 생글생글 웃을 수 있었고 남자들과 알몸으로 자면서 끝없이 놀았다.

친절한 사람들은 그러면 안 된다고 내게 가르치려 했다. 나는 공부는 좋아하지만 가르치려 드는 것은 좋아하지 않는다.

과거. 사람들이 좋아하는 과거라는 말. 그들은 과거 따위는 아무리 요리해봐야 국물 한 방울 나오지 않는다는 것을 알아야 한다. 더구나 타인의. 웃는다. 나는 비웃는다. 말라붙은 훈제를 좋아하는 가련한 사람들을. 나는 무시한다. 타인의 관 위에서 춤추는 비열한 사람들. 그리고 하이에나. 또는 파리. 그것을 깨달았을 때, 저 친절한 사람들은 나를 핥아먹고 파리로 성장해 있었다. 나는 내게로 날아들려 날개를 파닥이는 벌레들을 쫓아내기 위해 한들한들 손을 흔들었다. 그리고 처음으로, 그 숫자의 많음에 경악했다.

어떤 사람은 나를 인간쓰레기라고 했다. 나는 혼란스러웠다. 정말, 그럴까. 나는 돈을 받았으니까 상관없다고 생각했다. 나는 돈을 받지 않는 창부는 될 수 없다. 만약 내가 진정한 창부라면. 가장 몹쓸 일은 사람을 속이는 것 아닌가. 나는 비난받는 자신이 조금은 가여워 눈물을 머금었다가, 내가 누구를 슬프게 한 것은 아니니까 하고 생각을 바꿨다. 그 사람들이 파리인걸 뭐, 하고. 그런데, 변함없는 일상을 계속하려다 그럴 수 없게 된 자신을 깨달았다. 그 사람들이 말하는 창부로 다시 돌아가기에는 내가 토해낸 오물들이 너무 많은 돈을 벌었던 것이다. 그리고 나는 창부는 용서될 수 있어도 창부라는 과거는 용서되지 않는다는 것을 알았다.

나는 처음 겪는 일에 당황해서 놀기를 그만두었다. 하지만 습관이 된 구토는 그만둘 수 없어 몸무게만 줄었다. 손쉽게 달콤한 것을 취하는 일에 종지부를 찍은 나는 뭘 어쩌면 좋을지 몰라 갈팡질팡하다가, 그만 중대한 실수를 저지르고 말았다. 한 남자를 골라 사랑한 것이다.

그날 이후 나는 안이한 인생에서 추방당했다. 내 소설도 이미 토사물이 아니었다. 구토증은 보란 듯이 나아, 목구멍에 손가락을 처넣어도 위액 한 방울 올라오지 않았다. 토하면 편해질 텐데. 그렇게 생각하는데, 그렇게 되지 않았다. 내게는 이미 토할 것이 없었다. 나는 한 남자 때문에 혹독하게 시달렸다. 그에게 처자식이 있어서가 아니었다. 그런 것은 내게 아무 문제도 되지 않았다. 나는 오직 그 남자 하나만을 바라보고 있었으니까.

지금의 나는, 그것을 열병이었다고 생각한다. 나는 그가 없는 밤이면 두려움에 벌벌 떨었다. 내가 떤다는 것. 그것은 서글플 정도로 우스꽝스러운 일이었다. 나는 지금까지 그런 적이 없었다. 떨기 전에 남자들이 내 몸을 담요처럼 포근하게 감싸주었으니까. 하지만 그때 내게는, 그밖에 없었다. 그가 방에서 나갔을 때, 나는 내 몸을 어떻게 데우면 좋을지 몰랐다.

펜을 쥔다. 그러고는 바보스러움에 다시 내던진다. 나는 그런 행동을 되풀이하는 것밖에 하지 못한다. '지금'에 너무 얽매여 있다. 나는 처절한 기분이다. 나는 그로 인하여, 아니 그가 곁에 없음으로 인하여 고통스러워한다.

나는 그 전까지는, 잇달아 안락한 과거를 잉태했다. 그것은 동시에 나에 대한 추문이기도 했지만. 나를 조금은 당혹케 했던 소문들, 또는 사실들이 몹시 그립다. 하지만 나를 정말 곤경에 빠뜨린 사실은 사람들에게는 보이지 않는 곳에 있다. 토하고 싶은데, 토할 수 없다. 내 마음은 짓물러 고름이 생기고 뜨거워진다. 하지만 그 고름을 껴안고 있는 것은 다른 나이다.

내 손가락에서 괴사가 시작된다. 나는 죽고 싶지 않다. 그런데 죽어가고 있다. 지금까지 달콤한 것만 핥아온 혀였는데. 그 남자는 달콤하지 않았다. 나는 방을 나가려는 남자의 발목을 부둥켜안고 매달린 적도 있었다. 그를 내 곁에 두고 싶어서. 그 우아하고 퇴폐적인 나날들은 어디로 가버렸을까. 나는 그가 나를 혼자 내버려두고 가는 것이 두려웠다.

나는 사람들 앞에서는 늘 웃으려 했다. 나는 사람들에게 꽤 이름이 알려져 있으니까. 스캔들도 많고, 밝고 헤프고 조금은 매력적이고, 그리고 예사롭지 않은 작가로 이름이 알려져 있으니까. 하지만 그를 사랑한 후로는 밝지도 헤프지도 않고, 소설도 쓸 수 없었다. 마치 사람들이 그렇게 알고 있는 진짜 작가처럼. 나는 그런 내가 알려질까봐 미소를 지었다. 나는 나를 완전히 가장하는 방법을 터득했다.

나는 나 자신을 가여워하고 나 자신을 위해 울었다. 그리고 그 안식의 나날을 정말 그리워했다. 달콤한 사탕이 먹고 싶어요. 나는 원고지에 그렇게 딱 한 줄을 썼다. 나머지 공백이 나를 부추긴다. 나는 그에 순종하여, 수화기를 들고 처음으로 그에게 전화를 건다.

나 자신을 다시 한 번 풀어놓고 싶었을 때, 나는 내 자신이 놓일 자리로 어디를 선택했나. 누울 침대가 필요하다. 나의 그 한 마디에 남자친구는 곧바로 발리행 비행기표를 끊어주었다. 그 섬에 관해서 아무것도 모르는 나는 비행기 표에 찍혀 있는 덴파사르란 지명을 손가락으로 불안스레 더듬었다.

남자친구는 오랜만에 만나는 나를 눈부시다는 듯 쳐다보면서 이렇게 말했다. 우리 자자. 자자고? 왜? 이다음 만날 때면 당신은 전혀 다른 여자가 돼 있을 테니까.

남자친구는 그렇게 말하고 내게 키스했다. 하지만 나는 내키지 않았다. 나는 내가 침을 뱉은 남자를 생각했다.

있지, 내 입술 맛, 어때?

좋은데, 왜?

불결하고 더럽다고 생각하는 사람도 있어.

그런 남자하고 헤어진 거야?

그런가 봐.

그 남자, 너를 무척 사랑했나 본데.

남자친구는 나를 안았다. 나를 안심시키는 방식으로. 그리고 나는 안심했다. 지나치지 않은 사랑은 사람을 편안하게 한다.

지금의 너를 마지막으로 안는 사람은 내가 처음이자 마지막이로군.

지금의 너라니, 무슨 뜻이야?

지나치게 사랑한 남자를 머릿속에 담고 있는 너 말이야. 너는 늘 눈앞에 있는 것만 봤고, 눈앞에 있는 남자에게만 욕정을 품었잖아.

그랬지.

나는 입술을 깨문다. 나는 친절한 남자친구 앞에서 아주 솔직하게 얘기한다.

나, 지쳤어. 고통스러워.

말을 꺼내자, 눈물이 흐르고 나는 잠시 편해진다. 그런 나를 보고 남자친구는 어린애를 달래듯 내 머리칼을 쓰다듬는다.

따뜻한 나라에 가서 쉬었다 와.

고마워. 나는 〈사바사의 고독〉의 주인공처럼 되고 싶지는 않아.

그러니까, 다녀와. 그 열대안락의자에.

그는 한 마디, 내게 주의를 준다.

그리고 조심해, 사람을 너무 사랑하지 않게.

나는 다소 곤혹스런 표정을 짓고, 애매하게 웃으면서 침대에 남아 있는 그에게 안녕을 고한다.

그럼, 다녀올게. 안녕.

문을 닫고서, 나는 지금 비행기 안에서 메마른 고독에 잠겨 있다.

덴파사르 공항에서 나오자,

덴파사르 공항에서 나오자, 촌스런 택시 운전사들이 나를 에워싼다. 나는 처음 보는 동남아시아 사람들에게 약간의 두려움을 느끼면서도 그 가운데 가장 아름다운 청년을 골라, 그의 택시에 올라탄다.

"발리에는 처음 오십니까?"

나는 그의 깨끗한 영어 발음에 살짝 놀라면서 고개를 끄덕인다. 처음 당하는 일투성이네. 나는 혼자 중얼거린다. 한 남자에게 푹 빠진 것도, 그리고 내가 먼저 헤어지자는 말을 꺼냈으면서도 그 남자에게 집착하는 것도. 지금까지 후회를 안고 여행길에 올랐던 적이 있었던가.

발리가 처음인 나를 위해, 운전사는 지나가는 곳마

다 자세하게 설명을 한다. 나는 그 목소리를 음악처럼 들으면서, 밤하늘에 총총한 별을 어렴풋이 느끼고 있었다.

"지금이 건기인가요?"

"마침, 중간입니다. 좋은 때에 왔어요. 저녁해도 볼 수 있고, 비를 맞을 수도 있고."

언짢은 표정으로 침묵하고 있는 내게 양해를 구하고, 운전사는 조심스럽게 담배를 피웠다. 빨간 담뱃갑에 구단 가람이라 쓰여 있다. 차 안에 달콤한 정향나무 향이 퍼지면서 공기를 감싼다. 나는 그제야, 말 많은 운전사를 용서하고픈 마음이 생긴다.

호텔에 도착하자 운전사는 재빨리 내려, 내가 앉아 있는 쪽 문을 열면서 말했다.

"별 일 없으면, 내일 섬 안내를 해드리죠. 물론 무료입니다."

"친절하군요. 그런데 왜죠?"

그는 웃으면서 명함을 내 손에 쥐어주었다.

"당신이 멋있어서요. 하지만 걱정 말아요. 강간은 절대 안 할 테니까."

이번에는 내가 웃었다.

"그래요, 대범하다는 건 행복한 일이죠."

나의 이 말에 그는 신기하다는 표정을 짓고 서 있다.

"나는, 맛있는 것을 먹고 싶어요. 아주 맛있는 것만."

"OK. 당신은 아주 탁월한 선택을 두 가지나 했어요. 이 섬과 그리고 운전사."

그는 한쪽 눈을 찡긋 감고는 트렁크에서 내 짐을 꺼내기 시작했다.

호텔 방에서 나는 서비스로 나온 쌀와인을 마신다. 맛있는 것만. 나는 운전사에게 무슨 말을 하려 했던 것일까. 그 남자는 이제 맛있지 않다고? 생각해보면 사랑에 빠진 순간부터 그는 맛있지 않았다. 나는 착각하고 있었던 것이다. 나는 마약에 절어 있었던 것이다. 먹어도 먹어도 싫증을 모르는, 마비증상을 앓고 있었던 것이다. 마약, 한 입 베어문 과일. 하지만 과일은 맛있다.

그리고 나는 마약을 좋아한다. 자신을 긍정하고, 그 자리에서 또 부정한다. 이 습관, 이 미덥지 못한 성격은 도시의 선물이다. 나는 쓸데없는 것을 너무 많이 알아버렸다. 너무 많이 떠들었다. 파도 소리가 들린다. 도마뱀이 얼굴을 내민다. 침대 밑에 살고 있나 보다. 손가락에 와인을 적시고, 조그만 머리 위에 그 붉은 방울을 똑똑 떨어뜨린다. 그는 다시 숨는다. 나는 젖은 내 손가락을 핥는다. 아아, 나는 아무것도 모르는 사람이 되고 싶다.

그가, 아침 식사에 나온 계란을 잘못 요리한 것이 시작이었다.

계란 프라이를 적당히 익혀달라고 주문했는데. 난 날계란은 싫어한다고요. 살아 있는 것처럼 보여서. 난 익히지 않은 계란은 못 먹어요.

난감해하는 내게, 웨이터는 조금도 미안해하는 기색

없이 말했다.

"미안합니다. 이 계란 녀석이 눈을 똑바로 뜨고 당신을 쳐다보고 싶어하기에."

해변에 놓인 테이블에 턱을 괸 채, 나는 웨이터를 쳐다본다. 하얀 아사 테이블 크로스에 반사되는 아침 햇살이 눈부셔, 그의 얼굴이 잘 보이지 않았다.

"그런 농담, 하나도 재미없어요."

그는 정말 미안하다는 표정으로 내게 사과했다.

"죄송합니다. 계란 탓을 해서."

나는 웃음을 터뜨린다.

거짓말이에요. 사실은 좋아해요.

재치는 인생을 즐겁게 한다. 그리고 눈앞에 있는 남자는, 그것을 알고 있었다.

내 기분이 풀린 것을 안 웨이터는 안심했다는 듯이 미소를 지었다.

뜨거운 태양이 은식기에 짙은 그림자를 드리운다. 나는 그 눈부심에 눈을 감는다. 눈을 감으면 내 마음속의 막이 내리고, 나는 불필요한 생각을 하지 않을 수 있다. 내게는 아무것도 보이지 않는다. 나는 오늘부터 아무것도 보지 않음에 전념할 것이다. 내 뒷머리에 작열하는 태양이 몸을 따끈하게 데운다. 나는 나른해진다. 그리고 그 기분은 술에 취한 것처럼 안온하다. 눈을 떠야 한다. 하지만 아무것도 보고 싶지 않다. 나는, 아침인데 샴페인을 주문한다. 어이없어 하는 웨이터. 무슨 상관이야. 나는 눈을 뜬 채 잠시 잠들고 싶은 거야. 나는 술취한 늙은 고양이가 된다. 눈앞에 있는 계란도 지금은 눈을 감고 있다. 파도 소리. 밤에 들었던 것보다 활기찬. 파도 소리가 내 기억을 깎아내리라. 나는 열에 들떠, 잠자코 기다린다.

눈을 감는 것은 막을 내리는 것과는 다르다. 내 세포는 기억력이 너무 좋으니까. 눈을 감으면서 내 고통은 시작된다. 그 남자가 사랑했던 이태리 산 적포도주. 그리고 그가 즐겨 입었던 갈색 옷과 내가 그 옷에 손을 대면 생겨났던 재색 주름. 턱에 드문드문 돋은 하얀 수

염과 갈색 목.

내 눈 속에서 무수한 색채가 초점을 맺는다. 화려하게, 또는 조악하게. 나는 그것들 속에서 허우적거리다 구원을 청하려 머리를 감싸쥔다. 나의 속눈썹이 나를 구해내려 눈꺼풀을 간질인다. 그러자 나는 반사적으로 눈을 뜬다. 눈앞에는 무심한 바다와 태평한 하늘이 펼쳐져 있다. 나는 안도한다. 자기 밖에 있는 것들에 화를 내고는 절망하는 것. 그것은 어리석은 짓이다. 내 손 아래 있는 테이블 크로스와 거뭇거뭇한 커피를 위한 크림에는 아무 책임도 없으니까. 절망의 근원은 내 안에 있다. 그것으로 족하다. 나는 지금, 주위에 있는 것들에 버림받은 행복을 만끽하고 있다. 눈을 뜬 내게는 눈앞에 있는 것밖에 보이지 않는다.

나는 세상이 보이는 장님이 된다. 테라스를 오가는 12인치나 되는 도마뱀과 노골적으로 내게 관심을 보이기 시작한 유니폼 차림의 웨이터, 그의 다갈색 눈동자만이 내 각막을 자극한다. 나는 미소 짓는다. 아침부터 붉은 샴페인에 취해 엷은 미소를 머금은 계집. 그런 인상은 나를 기쁘게 한다. 남국의 뜨뜻미지근한 바람. 블라인드를 대신하고 있는 야자수 잎. 구단 가람이 나의 향수가 된다. 나는 방종한 주검이 된다. 또는 센스 있는 인형이. 악취를 풍기지 않는 주검이 되는 것이 얼마나 힘든 일인지, 나는 아직 모른다.

계란이 눈을 감고 미소 짓고 있다. 나는 눈을 뜬 채로 미소 짓는다. 달짝지근한 오렌지 프레저브. 나는 빵을 뜯어 먹고 커피를 마신다. 혀 위에서 거품이 사라진 샴페인이 매끄럽게 목구멍을 넘어간다. 모든 것이 행복해 보인다. 모든 것이 행복하게.

그는

그는 뒷좌석 문을 열어야 하는 운전사의 의무를 무시하고 나를 조수석에 앉혔다. 조수석과 운전석을 가르는 기어스틱이 없어, 나는 잠시 겁에 질렸다. 하지만 호텔 앞에 차를 대놓고 언제 나올지 모르는 나를 바보처럼 기다려준 그의, 순진하게 웃는 얼굴을 보고는 안심했다. 나는 내게 뭔가를 원하는 남자는 하염없이 기다리지 않는다는 것을 알고 있었다.

그는 내게 어디로 가겠느냐고 묻지도 않고 차를 내몰았다. 내게는 그런 행동이 오늘 하루를 일과 관계없이 보내려는 의지의 표시처럼 보였다. 공기가 고여 있다. 논에서 일하는 갈색 소들은 모두 애달픈 눈빛이다. 일하는 게 싫은가 보구나, 하고 나는 중얼거린다. 뭐라고요? 하는 표정으로 운전사가 나를 본다. 이 섬사람들의 눈빛은 꾸밈이 없는데, 동물들의 눈빛은 체념과 서글픔을 띤 불행한 눈빛이다. 예를 들면 개. 터벅터벅 고독하게 길을 걸어가는 개. 비쩍 말라 갈비뼈가 드러나고 배는 유난히 불룩한 그들은 절대 꼬리를 흔들지 않고, 길바닥에서 교미를 한다. 암캐는 애틋한 소리로 조그맣게 절규한다. 그녀들은 그저 하나의 쾌락으로 수캐를 받아들인다. 절정의 한순간이 지나면 수캐들은 또 걷던 길로 다시 걸어가리란 것을 알고 있다. 남겨진 그녀들. 야자나무 가로수 사이로 난 좁다란 아스팔트 길에 납죽 널브러져 있다. 엉덩이에 나른함을 남기고 간 것이 무엇인지는 벌써 잊어버렸다.

"저 녀석, 내 개예요."

운전사가 불쑥 말했다.

"줄곧, 내 개였는데, 머지않아 죽겠죠."

"키웠나요? 키우던 개 같지는 않은데."

"키우다니?"

"그러니까……, 집에서 먹이를 주면서 키웠느냐는 뜻."

나는 더듬더듬 그에게 설명했다. 그는 조금 감탄스럽다는 듯 눈썹을 삐끗 올렸다.

"그런 뜻이라면, 아니에요. 저 녀석, 내가 이 길을 지날 때면 늘 쳐다보며 서 있었거든요. 그래서 내 개라는 거죠. 그런데 지금은 서지도 못해요. 전에는 내 차의 클랙슨 소리를 기다리면서 웃고 있었는데."

"살려줄 마음은 없나요?"

"왜죠?"

"죽어가고 있잖아요."

"저 녀석은 벌써 오래 전부터 죽고 싶어했어요. 난 방해하고 싶지 않아요."

강에서 노인이 몸을 씻고 있다. 그의 사타구니에는 이미 그 누구도 감동시킬 수 없는 쭈글쭈글 쭈그러든 물건이 매달려 있다. 지나가던 여자들이 길가에 서서 그를 무시한 채 얘기를 나누고 있다. 허리에 두른 사롱은 보라색. 그녀들 뒤에서 물을 끼얹던 노인이 나를 쳐다본다. 놀라지도 부끄러워하지도 않는 눈길로. 사람을 감동시키지 못하는 것에는 이미 죄도 없다.

태양은 머리 꼭대기에 있다. 덴파사르 시내로 들어서자 갑자기 공기가 움직이기 시작한다. 머리에 과일 바구니를 이고 걸어가는 여자들 뒤로 달콤한 냄새가 떠다닌다. 아이들은 길에 쭈그리고 앉아 내장수프를 떠먹고 있다. 그 강렬한 냄새. 호기심에 이끌린 나는 운전사와 함께 차에서 내려 돌아다닌다. 그곳에는 온갖 냄새가 있다. 너무 짙은 향수 같은 과일향에 머리가 지끈거린다. 나는 나뒹구는 열대과일을 밟지 않도록 조심조심 시장을 통과한다. 접은 바나나 잎에 담긴 죽을 무심히 먹는 소년. 그 젖은 입술이 막 오물을 토해낸 것처럼 보인다. 타액이 섞여 있는 맛난 먹을거리. 내게 불쾌함은 없다. 눈앞에 펼쳐지는 광경은 모두 본능에서 태어난 것이니까. 신문지로 판을 벌여놓고 벌꿀집을 팔고 있다. 구멍으로 꽁지를 내놓은 채 죽은 꿀

벌들. 꿀에 휘감긴 맛있는 시체. 나도 머지않아 저렇게 되리라.

"저거, 사고 싶은데."

"당신은 못 먹어요. 호텔에서 나오는 벌꿀과는 다르거든요."

"그래도 사고 싶어요."

그는 어쩔 수 없이 가격을 흥정한다. 나는 주위를 둘러보면서 기다린다. 닭장에 갇힌 닭들은 소란을 피우는 녀석부터 목이 잘려 팔려나간다. 죽은 것은 팔릴 만한 가치를 지닌다. 인간도 마찬가지다. 그렇게 모든 것은 용서된다.

벌꿀집 꾸러미를 껴안은 나는 몸에 담요를 둘둘 만 팔 없는 거지를 만난다. 그는 뭘 달라고 구걸하는 말도 없이 퀴퀴한 냄새를 풍기면서 조용히 그곳에 놓여 있다. 운전사가 걸음을 멈춘 채 움직이지 않는 나를 채근한다.

"당신 탓이 아니잖아요."

그는 그렇게 말하면서 내 손을 잡고 그 자리를 떠나려 한다. 신문지에서 달콤한 꿀이 배어나와 내 팔을 적신다. 나는 어쩌면 좋을지 모른다. 옆에는 태평스레 비눗방울을 불어대는 아이가 있다. 나는 순간적으로 지갑에서 1만 루피아짜리 지폐를 꺼내 거지 앞에 떨어뜨린다. 주위에 있던 사람들이 놀라 탄식한다. 나는 절대 유복하지 않다. 하지만 돈은 있다.

"이제 됐죠?"

운전사가 모여든 사람들을 헤치고 나를 데리고 가려 한다. 나는 그의 손에 끌려가면서 몇 번이나 뒤돌아본다. 나는 불안했다. 아아, 저 사람은 저 돈을 과연 쓸 수 있을까. 그에게는 돈을 집을 수 있는 손이 없다. 사람들이 거지를 둘러싼다. 하지만 그들이 둘러싼 것은 내가 던져준 돈이지 그가 아니다.

늦은 오후. 멀리서 가믈란 소리가 울린다. 실리 담배에 입이 빨갛게 물든 노인이 반라의 모습으로 누워 있는 와룽. 지붕에 새끼 고양이 다섯 마리가 작은 새처럼 앉아 있는 그곳에 들어간다. 설탕과 찌꺼기가 가라앉아 있는 미지근한 커피. 나는 그것을 홀짝거리듯 마신다. 소녀들이 번갈아 내 얼굴을 쳐다보고는 까르륵 까르륵 웃으면서 안쪽으로 몸을 숨긴다. 그녀들 눈에는 치렁치렁한 귀걸이와 가슴이 훤히 드러난 옷을 걸친 내가 어떻게 비칠까.

"아주 끔찍한 거 하나 가르쳐줄까요?"

청년 운전사가 중대한 고백이라도 하는 눈빛으로 내 귀에 입을 갖다댄다.

"저기 제일 조그만 여자애, 아빠가 없어요."

그 말이 금지된 언어처럼 조심스럽게 나의 귀로 흘러든다.

"그게 뭐 어쨌다는 건데요?"

"아빠가 없다고요!"

"그게 그렇게 중대한 일이에요?"

그는 답답하다는 듯 설명한다. 아빠가 없는 아이는 평생 그 암울한 출신성분을 짊어지고 살아야 한단다.

힌두교가 지배하는 사회에서 소외된 그녀들은 사원에도 발을 들여놓을 수 없다고 한다.

"그럼, 결혼하기 전에는 섹스를 할 수 없다는 거예요?"

그가 고개를 젓는다.

"당신도 안 해요?"

그는 정말 부끄럽다는 듯이 "하죠"라고 대답했다.

길거리에서 교미를 하고 돌아서면 그대로 잠에 빠지는 개와 똑같이 취급한다는 얘기로군. 그렇게 두려워하면서 몸을 섞어 무슨 쾌락이 있을까. 나 혼자 중얼거리는 소리를 들은 그가 우울한 표정을 지으며 턱을 괸다.

"그래서 모두들 외국 여자와 노는 거죠. 오스트레일리아, 네덜란드, 그리고 일본 사람들. 하지만 일본 사람들은 자존심이 강해서 기분이 별로 안 좋아요. 여자들이 특히 심하죠. 같은 아시아 사람이라고 생각하고 싶지도 않은가 봐요."

나는 웃음을 터뜨렸다. 욕망이 흘러넘쳐 고인다. 가

련한 외국인들. 그들이 원하는 발리 여자들은 허리를 천으로 꽁꽁 싸맸고, 그들 앞에서는 다리조차 벌리지 못한다. 그에 반해 그들 앞에서 스스로 스트립쇼를 펼치는 하얀 여자들. 그녀들이 오히려 이 퇴폐적인 섬에 잘 어울린다. 그녀들은 자신의 욕망을 그들에게 속삭인다. 그러기 위해서 온다. 가뭇가뭇한 살갗의 손가락과 혀와 성기에 자신의 체액을 묻히기 위해. 그런데 그게 왜 잘못이란 말인가. 나 역시 일본에서는 그랬다. 그 남자를 만나기 전까지는. 쾌락은 고통보다 아름답다. 그리고 무책임하다. 사람은 그 안에서 편히 쉴 수 있다. 쾌락은 고통처럼 사람을 울릴 수도 있다. 나는 쾌락을 탐닉했다. 그 다음으로는 나를 유혹한 고통을.

"그런 외국 여자들을 경멸해요?"

"설마. 우리는 그게 얼마나 기분 좋은 일인지 잘 알고 있어요."

그렇게 말하는 그의 눈에 갑자기 슬픈 빛이 어린다. 그 죽어가던 개처럼. 우리는 와룽에서 나와 차를 탄다.

어느 틈에 하늘에는 구름이 껴 있다. 한 사내가 와룽으로 뛰어 들어간다. 안에서 브래지어만 걸친 뚱뚱한 여자가 나온다.

"저 여자가 아빠 없는 아이를 낳은 여자예요."

운전사가 그렇게 말한다.

여자는 기다리다 지쳤다는 듯이 남자의 등을 밀면서 안으로 들어간다. 손님이 와도 아이들에게 시중을 들게 할 만큼 게으른 여자가 반색하며 반나체로 뛰어나오는 것. 여자의 눈동자는 촉촉하게 젖어 있다. 그리고 불행하다. 나는 안타깝다. 여자는 마침내 땀을 흘리고, 귀밑머리는 목덜미에 달라붙으리라. 유일하게 군살이 없는 그 부분에. 쾌락에서 태어난 불운한 소녀는 멀어져가는 우리 차를 향해 끝없이 손을 흔들고 있다.

비가 내리기 시작했다

비가 내리기 시작했다. 세찬 빗발에 사람들은 그림자도 없이 사라지고, 우리는 차 안에서 서로를 껴안고 있다. 프리아탕으로 갈 예정이었던 우리. 그는 운전사의 역할을 언제 그만둔 것일까. 눈앞에는 비로 뿌연 논. 그리고 닛파 야자수. 멀리 힌두교 사원의 담이 보인다.

차 안은 우리가 내쉬는 뜨거운 숨으로 점점 후덥지근해진다. 그는 내 목덜미에 키스한다. 그리고 내 땀을 핥는다. 나는 신음한다. 그 신음소리는 빗소리에 지워지고 증발한다.

경멸해도 상관없어.

그는 고개를 저으면서 입술을 밑으로 옮겨간다. 천

천히, 그리고 능란하게. 나는 절대 눈을 감지 않는다. 멍하니 앞 유리창을 쳐다본다. 쏟아지는 비가 눈앞에서 강물을 이룬다. 귀걸이가 떨어지는 소리. 지금 내 한쪽 귀는 쾌락을 만끽하고 있다. 그의 축축한 혀가 내 살 위로 미끄러지는 소리. 내 귀는 그 소리를 즐기고 있다. 죽어가는 개가 물을 핥아먹으면서 내는 소리 같은. 또는 덴파사르의 과일시장에서, 죽어가던 거지가 오줌을 눌 때 내는 소리를 닮은.

그 벌꿀집은 어떻게 됐을까. 나는 문득 생각한다. 고개를 살짝 틀어 뒷좌석을 본다. 신문지에 둘둘 말린 그것에서 스며나온 꿀이 시트를 눅눅하게 적시고 있다. 실금한 벌꿀. 그리고 나. 아아, 나 역시 꽁지를 까발린 꿀벌을 닮았다.

비는 그치지 않는다. 우리의 유희는 계속된다. 바깥에서는 물이 차오르고 내 기억은 안개가 된다. 눈에 보이는 것은 빨간 구단 가람 담뱃갑. 그리고 내 허벅지에 놓인 그의 손, 절대 나를 탐색하려 하지 않는. 나는 한

숨을 쉰다. 그리고 그도. 내 오른손도 그의 두 다리 사이를 어루만지고 있으니까. 우리는 쏟아지는 술이듯 비에 취한다. 나는 그의 머리칼을 움켜쥐고 그의 입술을 빼앗는다. 그곳으로 내 찢어진 틈새로 끓어오르는 욕망이 흐른다. 나는 그곳에 서식하는 그 남자의 욕망의 산물을 죽인다. 나는 그의 사타구니로 입을 옮긴다. 남국의 열기. 내 마음이 소독된다. 논에 물이 넘쳐흐른다. 그리고 우리는 허우적거린다. 그 거지는 어디서 비를 피하고 있을까. 그에게는 다리가 없다. 어떻게 걸을까. 내가 던져준 1만 루피아. 그것은 비에 불어터져 다시금 나무로 돌아간다. 그리고 그는 땅으로 돌아가 나무를 키우리라.

나는 그 시커먼 커피에 크림을 넣을까. 아니, 넣지 않는다. 진흙처럼 바닥에 깔리는 설탕만 넣는다. 그것을 매일 마시면 내 이는 썩어 문드러져, 언젠가는 빠지리라. 이 없는 노파는 슬픈 눈빛으로 죽음을 기다리리라. 나는 죽음에 관해 너무 많이 생각하는 듯하다. 하지만 내가 죽지 않으리란 것을 알고 있다. 나는 많은 것들을 아주 우습게 여기고 있다. 그래서, 그런 실수를. 어처구니없는 그 실수. 나는 너무도 진지했다. 대체 누가 남자의 발목에 매달린단 말인가? 가지 말라고 애원한단 말인가? 불안으로 덕지덕지 기운 쾌락 따위는 필요 없다. 쾌락은 쾌락. 눈앞에 있는 남자는 솔직하다. 나를 절실하게 원하고 있다. 나는 절대 애를 태우지 않는다. 왜냐하면 나도 그를 원하니까. 그의 어깨가 내 얼굴을 덮는다. 가뭇가뭇하고 매끄러운 피부. 내 손톱이 파고든다. 그의 움직임과 함께 그의 등에 선을 긋는다. 나는 아주 유쾌하다. 누구를 위해서가 아니라 나 자신을 위해 소리를 지른다. 그 소리를 비명이라 여긴 그가 허리를 추스른다. 계속하라고 나는 명령한다. 나는 쾌락에 젖은 신음을 내지르고, 그 소리는 머지않아 잦아들 것이다.

내가 쾌락을 이겨낼 때까지 그쳐서는 안 된다, 고 비에게 말한다. 우리의 조그만 상자에는 반드시 덮개가 필요하다. 그 안에서, 공기는 짙어지다 못해 결정을 이룬다. 열대의 스콜은 너무도 의연해서, 나는 조금 부끄럽다. 눈앞에 있는 것은 피부를 화장지로 사용하는 나 자신의 안이함이.

나는 지금까지 이런 유희를 글자로 바꿔 돈을 벌었다. 어떤 사람들의 눈에는 그것이 도저히 용서할 수 없는 일로 비쳤을 것이다. 하지만 그들은 아무것도 하지 못했다. 그들은 나를 특별한 인간으로 여겼고, 그리고 나를 좋아했다. 나의 행동, 그리고 어떻게든 이 부정한 손가락이 펜을 쥐고 쏟아내는 온갖 악행을 알고 싶어 했다. 그들이 내게 어떤 상처를 주었던가. 그렇지 않다. 범하는 것은 늘 나였다. 나는 늘 사람들을 강간했다고 할 수 있다. 그것이 그들의 소망이었으니까. 나는 자신에게, 그리고 주위에 아주 유순했다. 감동의 기관을 강간하는 것. 나는 그것으로 세상을 조롱했다. 물론 나 자신 역시.

내게 사랑한다는 말을 먼저 꺼내게 한 것은 그 남자

였다. 나는 말했다. 그도 내게 그렇게 말했다. 내 기억이 틀림이 없다면. 내 기억은 금방, 믿지 못할 퍼석퍼석한 화석이 된다. 세부가 떨어져 나가 어설픈, 그러면서도 완강한 화석. 그곳에서 온갖 남자들이 꿈틀꿈틀 몸을 비틀고 있다. 바람직하고, 또 한없이 너저분한 남자들이. 내 배에 올라타 내 몸에 말뚝을 박는 청년. 그 역시 그들의 한 명이 될 것이다. 그는 몇 시간 전까지는 내 운전사였다. 나를 거지에게서 떼어놓으려 했을 만큼 도덕적이었다. 그런데 지금은. 그를 불쌍한 인간으로 만든 것은 나다. 그는 내 방종함에 따랐을 뿐이다. 어쩌면 그 자신도 곪아터질 지경이었는지도 모른다. 그렇다면 다행이다. 고름은 짜내야 한다. 설사 상처 난 자리에 아직 열기가 남아 있어도. 내 두 다리 사이도 그랬다. 열기를 띠고 있었다. 그리고 헛소리를 질러대고 있었다. 그도 그 소리를 들었을 것이다.

내 발가락은 흡반으로 변하여 유리창에 들러붙어 있다. 천박하게, 그리고 한결같이. 기다리고 있다. 비가 그치기를. 비는 우리를 기다리고 있다. 내 두 다리가 얌전하게 닫히고, 남자의 허리가 예의바르게 정지하기를. 침대 속, 자동차 시트, 욕조에 담긴 미지근한 물속, 때로는 화장실의 차가운 변기 위에서, 나와 무수한 남자들은 그 일을 위해 노력한다. 오직 평온한 휴식을 위해서, 우스꽝스럽고 더없이 멋진 노력을. 남자들이 그 노력을 위해 나를 찾아오는 것. 나는, 늘 그 예감으로 가슴이 설레었다. 그리고 그 남자가 가르쳐주었다. 노력한 후의 가슴 설렘을. 설렌다는 말도 어울리지 않는다. 그 후에 나는 불안에 몸을 떨었으니까. 내 곁을 떠나지 말았으면 좋겠다고 느낀 인간. 그 첫 인물이 눈앞에서 우아하게 담배를 피우는 것. 나는 그의 손가락 사이에 낀, 하얀 종이에 말린 죄 없는 담배에게도 질투를 느꼈다. 질투! 이 말을 뱉으면서, 나는 두 손으로 얼굴을 가리고픈 충동에 사로잡힌다. 끔찍한 말. 특히 대상이 정해지지 않은 경우에는. 내가 내 심장의 고동 소리를 가장 절실하게 의식한 것은 그가 내 시야 속에 없을 때였다.

홀로 자는 밤, 혼자서 하는 유희를 익힌 설렘이 나를 깨운다. 시계를 본다. 새벽 4시. 나는 갑자기 고독해진다. 고독은 절대 수마에 지지 않는다. 왜 나는 홀로 시트를 짓뭉개며 아연해하고 있는가. 나는 자신이 길 잃은 미아가 되었다고 생각한다. 그리고, 운다. 나는 내 침대 속에서 길을 잃고 운다. 옛날에는, 술에 취해 허리를 조이는 드레스가 조금은 답답하다고 느끼면서 테이블 밑에다 하이힐을 살짝 벗어던졌던 시간에, 나는 가엾은 어린애가 되어 있다. 그때는 조금 지쳐 있었다. 나를 둘러싼 것들에. 그러나 지금은 나 자신에게 지쳐 있다. 하지만 완전히 지친 것은 아니다. 그러니까 마음도 이렇게 욕망을 품고 짜증을 부리는 것이다. 절망하면 그만인데, 절망하면. 하지만 절망보다 고독이 늘 한 발 빠르다. 그리고 희망은 늘 고독을 앞질러 간다. 한 인간에게 집착했을 때, 나는 이 법칙을 짊어지게 되었다. 나는 이것을 사랑이라 하고 싶지 않다. 그 남자가 먼저 그 말을 사용했다. 그리고 나는 착각했다. 착각은 마침내 진실로 성장한다. 내 마음속의 따끈한 영양분을 빨아먹으면서. 다 빨아먹히고 나면 그것은 빈 껍질이 된다. 그때야 나는 절망을 거머쥔다. 나는 아직도 발가락 흡반에 그것을 붙인 채이다.

빗소리가 커진다. 동시에 햇살이 비치기 시작한다. 나는 내 의지로 쾌락을 절정으로 이끈다. 그 다음은 내 위에 있는 남자를 조용히 지켜볼 뿐이다. 다리를 유리문에서 떼어 핸들 위에 올려놓는다. 내 발가락은 핸들을 만지작거리는데 남자는 그것을 모른다. 나는 유리창 밖에 선 무지개를 본다.

아, 저기.

나는 집게손가락으로 밖을 가리킨다. 남자는 뒤를 돌아본 채 탄성을 지른다. 그리고 방출한다.

아아, 예쁘다.

그가 말한다.

우리는 천천히 몸을 일으키고 옷차림을 가다듬는다.

비는 그쳤다. 시트는 푹 젖어 물 고인 웅덩이 같다. 뒷좌석은 벌꿀로, 앞좌석은 체액으로.

나는

나는 호텔 저만치 앞에서 차를 내리려고 했다. 운전사는 뜻밖이라는 표정으로 차에서 내려, 조수석 문을 열어주었다.

호텔까지 가도 괜찮은데.

괜찮아, 여기서 내려도.

그는 품위 있는 호텔 현관 앞에 나를 내려줄 만큼 예의바른 운전사는 아닐 것이다. 그리고 나도 그런 대접을 받을 만큼 숙녀는 아니다. 그는 조수석 문을 닫으면서 내게 키스했다. 그리고 물었다.

"언제 다시?"

나는 모호하게 웃으면서 그에게 키스한다.

"비가 또 내리면."

나는 말한다. 그가 웃는다.

어서 우기가 오면 좋겠군요.

나도 웃는다. 그리고 안녕이라고 말한다. 그는 운전석으로 돌아간다. 그러고는 할 말을 깜박 잊었다는 듯 창문으로 고개를 내민다.

왜?

나는 눈빛으로 묻는다.

"며칠 후에 축제가 있는데. 데리고 가줄까요?"

"무슨 축제?"

"조상의 혼이 돌아와요."

"후후후. 죽은 사람이 얌전히 잠이나 잘 것이지."

그는, 그런 소리는 하는 게 아니라는 듯 집게손가락을 입에 댄다.

OK, 알았어. 천진난만한 죽은 자도 나쁘지는 않지. 나는 그의 심각한 표정에 조금은 놀라 어깨를 으쓱한다. 그리고 다시 한 번, 안녕이라고 말한다.

나는 이리저리 기웃거리며 호텔까지 걸어간다. 지금

내 마음은 약간 가볍다. 나는 드디어 다른 남자에게 안겼다. 그리고 쾌락을 탐닉했다. 그것도 아주 손쉬운 방법으로. 나는 약간의 승리감에 젖어 있다. 아주 조금 내 마음의 부담을 던 것으로. 페니스 하나가 내 사타구니에서 주사기처럼 독을 살짝 빼냈다. 어쩌면 나는 계속할지도 모른다. 그럼 나는 공기가 빠진 후줄그레한 인형이 될지도 모른다. 나는 들뜬 나 자신을 조금은 부끄러워한다. 어쩔 수 없다. 아직 밤이 되지 않았는걸. 바다는 아직 밤의 보호색으로 변하지 않았다. 그래서 열린 눈에는 그 정경만 비친다. 나는 내 마음속을 보지 않아도 된다. 눈동자가 원래부터 지니고 있는 능력 이상을 발휘할 수 없는 시간에는.

나는 뛰듯이 걷다가 다시 걷는다. 그 반복이다. 소년이 돌담에 기대어 있다. 나는 그를 보고 놀라 걸음을 멈춘다. 그는 가만히 나를 보고 있다. 나는 문득 정신을 차린다. 그리고 불쑥 사방에 밤이 내린다. 나는 또, 무겁고 고통스러운 마음을 느끼고 망연해진다. 소년은 차에서 내릴 때부터 나를 보고 있었던 것일까. 그는 아무 말도 하지 않고 그저 나를 쳐다만 보고 있다. 키는 나와 엇비슷하다. 나는 그에게 어색한 미소를 던진다. 그는 온화한 눈빛으로 나를 볼 뿐이다. 머리카락이 군데군데 색이 바래 금빛을 띠고 있다. 해변에 흔히 있는 유의 소년으로 보인다. 왜 내 주의를 끄는 거지? 무슨 권리로. 나는 속으로 투덜거린다. 그는 나를 조용히 쳐다볼 뿐이다. 나는 참을 수 없어 뛰기 시작한다. 그렇다. 나는 지금 막 남자의 몸을 안았다. 그럴 수 있었다. 우월감. 이 감정은 역시 그 남자를 향한 것이다. 아아, 싫다. 누구 나 좀 살려줘. 나는 뛰었다. 나는 감정 따위는 버리고 싶다. 특히 그 남자를 향한 감정을. 쫓아온다. 그 소년이. 하지만 나를 쫓아오는 것은 소년의 모습을 한 다른 것이다. 살려줘, 나는 또 외친다. 나는 호텔의 불빛 속으로 뛰어든다. 경비의 고함소리에 나는 뒤를 돌아본다. 경비가 걷어차 소년이 땅바닥에 엉덩방아를 찧는다. 그는 겁에 질린 나를 슬픈 눈으로 올려다보고 있다. 경비가 몽둥이로 두 번, 소년을 때렸다. 나는 경비의 등을 껴안고 운다.

제발, 그만해요. 이 아이가 아니에요. 나를 쫓아온 것은 이 아이가 아니라고요.

나는 울부짖는다.

이 아이 때문에 도망친 게 아니에요.

경비가 알 수 없다는 표정으로 사라진다. 어둠 속에 소년의 뒷모습이 보인다. 사과하고 싶은데 따라갈 수가 없다. 나는, 아직도 밤이 무서운 것이다.

정원사는 영어를 할 줄 모른다. 아침, 나를 깨우는 것은 포도주병의 코르크 마개를 한데 모으고 나뭇잎과 밤사이에 생긴 거미집을 치우는 그가 내는 소리. 또는 아침 일찍 일어나 우는 침대 밑의 귀여운 도마뱀. 그는 자신을 닭으로 여기고 있다. 하지만 나는 그 소리를 듣고도 침대에서 일어나지 않는다. 대리석 바닥이 아직도

차가울 것이다. 열대가 열대를 되찾을 때까지 나는 침대에 누운 채이다. 나는 술을 주문하고 싶은 충동에 시달린다. 잠을 쫓아내는 술. 그리고 토마토 주스에 샐러리를 곁들여. 이곳은 종일 술이 지배한다. 흐르는 물은 마시기 위해서가 아니라 오로지 몸을 씻기 위해 존재한다. 물은 늘 인간의 몸을 관찰하고 있다. 무구한 물의 흐름. 오물과 친근해질 수 있을 만큼 순수한.

큼지막한 유리문. 커튼 사이로 정원사가 보인다. 그도 때로, 침대 위에서 싸늘한 시트로 몸을 휘감고 있는 나를 본다. 그만이, 내 벗은 몸의 발바닥을 알고 있다. 내가 침대 위에서 어떤 주검으로 있는지, 내가 만드는 시트의 구김은 어떤 모양인지. 그는 내가 잠에서 깨어난 것을 알면 나를 향해 미소 짓는다.

그래요, 난 이렇게 단정치 못하게 자거든요.

나도 맨 어깨를 드러낸 채 미소로 답한다.

아무런 얘기도 나눈 적 없는 나와 정원사 사이에 누이와 동생 같은 친밀한 관계가 생겨난다.

이러다 보면 다리 네 개가 얽혀 있을지도 모르죠.

나는 눈으로 그렇게 말해본다.

그는 빗자루를 손에 든 채 웃을 뿐이다. 그리고 게으른 누나를 내버려둔 채 자신의 일에 정성을 쏟기 시작한다. 그는 맨발이다. 복사뼈가 도려낸 것처럼 푹 패여 있어 아주 가늘다. 깊은 멋이 넘치는 흙 같은 색의 발뒤꿈치. 나는 갑자기 공복감을 느낀다.

내게 아침 식탁은 이미 즐거움이다. 내가 식당으로 들어서면 와양이란 이름의 웨이터가 달려와 의자를 당겨준다. 나는 단아한 등나무 의자에 앉아 파도를 바라본다. 나는 상념과 사고로부터 해방되어 마음이 푸근해진다. 해변에 서프보드를 껴안고 가재를 잡으러 가는 소년의 모습이 보인다. 잡힌 가재는 집게발이 잘려 시장에 진열될 것이다. 이 섬 어딘가에 집게발의 무덤이 있으리라. 또는 바닷속에. 만약 그렇다면 바닷물은 맛있는 수프. 그 속에 뛰어들어 헤엄치면 내 몸도 녹으리라. 그리고 바다에 떠다니는 거품이 된다. 그때야말로,

나는 아무것도 생각하지 않는 사람이 되리라.

강렬한 햇살 속에 있는 내 위로 그림자가 부드럽게 춤춘다. 바다를 바라보면서도, 와양이 냅킨을 팔에 걸친 채 웃으면서 내 주문을 기다리고 있다는 것을 느낄 수 있다.

"오늘 아침에는 눈을 감게 할까요?"

나는 그를 올려다보며 고개를 끄덕인다. 지난 며칠 사이에, 그의 이 물음이 나의 하루를 여는 의식이 되었다. 그의 눈동자는 투명하다. 그리고 그 눈동자에 꾸밈이 없어, 내 마음에 든다. 처음 며칠 동안, 나는 그의 얼굴을 보지 않았다. 내 눈동자에는 앞에 놓인 계란과 노릇노릇한 토스트밖에 비치지 않았다. 하얀 테이블 크로스 위의 색채. 커피. 커피에서 피어오르는 김. 그 너머로 보이는 뽀얀 바다. 하얀 접시에 담긴 훈제 요리와 은 항아리에 소복하게 담긴 설탕. 그리고 언제부터인가 거기에 와양의 그림자가 더해졌다. 그림자가 움직여 내 눈을 깜박이게 한다. 나는 나 자신으로 돌아와 눈동자의 초점을 맞춘다. 그리고 테이블 위를 재빠르게 오가는 투박하고 커다란 손의 존재를 알아차렸다. 손은 내 잔에 커피를 따르고, 브러시로 빵 부스러기를 모으고, 은 나이프와 포크를 살며시 내려놓았다. 나는 그의 손을 그의 손이라 여기지 않고 응시했다. 그저 단순히 손으로. 손가락이 퍼져나오는 곳에 커다란 산이 네 개 있다. 그리고 거리를 두고 전혀 다른 존재인 엄지손가락이. 그것들은 노련하게 움직이면서 내 눈길을 사로잡는다. 은식기, 또는 질 좋은 도기그릇에 익은 손가락. 나는 안심한다. 이 손은 아무것도 만들어내지 않는 손이다. 내게 필요한 것. 나는 그의 얼굴을 비로소 남자의 얼굴로 의식하면서 쳐다보기 시작한다. 내 눈길에 그가 잠시 당황한다. 그것은 절대 계란을 주문할 때의 눈이 아니니까.

하잘것없는 남자가 유난히 뚜렷한 윤곽을 지니고 내 눈에 부각되는 것. 그것은 이처럼 사소한 일에서 시작된다. 그리고 나는 조금씩 아침 식사를 즐기기 시작한다. 나는 커튼 사이로 쏟아지는 정원사의 눈길에 잠에서 깨어나고, 내 입은 영어를 유창하게 구사하는 웨이터에 생기를 되찾는다. 나는 이 섬에 온 후로는 남자의 눈길을 순순히 받아들이고 있다. 그들에게는 이해타산이 없으니까. 내게 아무것도 요구하지 않는 시선. 나를 원하는 그들의 시선과 마주치는 일은 있다. 하지만 나는 그런 시선까지 기꺼이 받아들인다. 성애의 욕망은 나를 조금도 괴롭히지 않는다. 육체를 원하는 것은 요구이며 요구가 아니다. 욕망은 아주 멋진 것이다. 살 위로만 미끄러지는 것이라면. 그들이 내게 욕망을 느낀다면 나도 그들에게 욕망을 느껴준다. 그것으로 모든 아귀가 맞는다. 그런 후에 그들이 내게 과연 뭘 원할까. 살에게 이해타산은 없다. 살과 마음이 공범자가 되지 않는 한.

내가 작가라는 것 따위, 이 섬에서는 웃음거리다. 그들에게 필요한 것은 지어낸 얘기와 혼잣말이 아니라 살아가는 것이니까. 해거름, 해변에 쭈그리고 앉아 물고기를 잡는 노파. 그녀에게 책 따위 무슨 필요가 있을까. 때로 파도가 높게 일렁거린다. 때로 상어가 사람을 깨문다. 그들은 두려움을 알고 있다. 지어낸 얘기를 읽는 것보다 신에게 올리는 기도를 택하리라. 거역하지 않는 것. 죽어가는 개는 죽게 내버려둔다. 썩어가는 거지도 흙으로 돌아가도록 내버려둔다. 나는 너무도 많은 것을 거역한 것 같다. 펜을 쥔 것 자체가. 그리고 소설을 다 쓰다니. 그 남자를 사랑했다는 것. 내 사랑법이 틀렸다. 왜 문 앞에서 발소리를 기다렸던가. 발소리에 고막이 진동하면 그때 발소리를 사랑했어도 상관없었다. 그가 쾌락에 마침표를 찍는 시간을 애써 늘리려 했던 것. 늘린 만큼 내가 행복할 수 있었나. 그렇지 않다. 남자를 사랑했는데, 왜 인기도 없는 펜을 쥐려 한 것일까. 내게는 마술을 부리는 주술사의 재능 따위는 있지도 않은데. 나는 해변에서 물고기를 잡는 노파여야 했다. 저녁 어둠 속에서 그물을 던지는 저 행복한 노파.

그 남자를 만나기 전의 나는 그랬다. 나는 이 섬에 살았다. 그리고 자유로웠다. 나는 증오라는 것을 몰랐다. 나는 받아들이는 것에 능숙했다. 나의 피부로 남자의 피부를 사랑할 수 있었다. 내 살은 감수성이 풍부했다. 수다를 떨 줄도 알았다. 말을 사용하지 않고. 그래서 쓸 때면 말이 흘러넘쳤다. 그 행복했던 시절. 나는 행복해질 필요가 있다. 막는다는 것은 죄다. 나는 앞으로 입술을 이완시키는 데 많은 시간을 소비할 것이다. 반쯤 벌린 입으로 흘러드는 것은 모두 달콤하다. 타액은 끊임없이 솟아 그것들과 동화돼가리라. 내 혀는 개처럼 땀을 흘린다. 이 섬은 아주 무더우니까.

내 눈 속에

내 눈 속에 자연에 녹아든 남자의 모습이 있다. 가령 이에풀로 가는 길. 우르와츠 언덕에서 왁스를 칠하면서 보드를 손질하는 서퍼들. 레기안의 로스멘 앞에서 돈을 세고 있는 청년. 나는 남자가 그리워 그런 남자들을 고르려는 것이 아니다. 만약 내가 남자를 원한다면, 나는 그 남자들과 다른 남자들을 반드시 비교해야 할 것이다. 몇 번을 비교하여 고르는 기술은 내가 가진 가장 뛰어난 것이니까. 나는 아무것도 생각하지 않는 기술을 천천히 터득한다. 그러면 내가 원하는 남자들이 저절로 내 눈 속으로 파고든다. 내게는 설렘도 아무것도 없다. 다만 남자들이 담배연기를 빨아들일 때처럼 내 가슴속에 둥실둥실 떠다니기 시작한다.

남자들은 시선이라기에는 너무도 막연하고 침울한 나의 관심을 받아들인다. 나는 그 남자가 결코 놀라거나 흥분하지 않으리란 것을 미리부터 알고 있다. 내 눈에 파고든 남자들은 다 그런 인간이다. 그들의 눈에도 내가 스미기 시작한다. 어떤 자는 나를 쳐다본 채로 소리 없이 땀을 흘린다. 어떤 자는 바닐라 맛이 나는 담배 구동을 느긋하게 피우면서 고개를 옆으로 기울인다. 그리고 치켜뜬 눈으로 나를 쳐다보면서 길바닥에 앉은 채로 내장꼬치를 우물우물 먹고 있다. 내 하얀 실크치마가 뜨뜻한 바람에 휘날린다. 그들이 간신히 눈을 깜박인다. 나는 3초 동안 그들에게 미소를 보낸다. 그들도 웃는다. 눈동자부터 차례로. 그들은 내가 이방인이라는 것을 알고 있다. 내가 바다의 맛난 수프가 될 수 있는 여자라는 것도 알고 있다.

나는 다른 사람이 보면 바나나밭으로 숨어들 만큼 위험한 짓을 서슴없이 한다. 때로 그런 남자들을 로스멘으로 데리고 가 함께 침대에 눕는다. 바나나밭에는 높은 울타리가 있다. 그리고 그 울타리 위에는 조각난 유리병이. 나는 벌써 파편의 존재를 인지하고 있다. 그런데도 타고 넘어 바나나를 훔쳐내는 방법을 알고 있다. 쫀득하고 맛있는 저 남국의 바나나.

마음껏 먹은 후, 나는 아무렇지도 않은 얼굴로 섬을 돌아다닌다. 병에 입을 댄 채 꿀꺽꿀꺽 증류수를 마시면서. 미적지근한 물이 허벅지를 타고 흐른다. 때로 희뿌연 물방울이 가죽샌들 위로 떨어져 얼룩진다. 나는 걷는다. 마법의 버섯을 파는 노인이 내게 말을 건다. 소똥에 서식하는 더러운 것. 관광객이 사랑하는 마음의 양분. 나는 조금도 필요치 않다. 나는 아무 말 없이 노인 앞을 지나친다.

남자들은 쾌락을 냉정하게 받아들인다. 다소 흐트러진 숨소리뿐. 그들은 쾌락을 당연하게 취급한다. 의연하고 당당한 모습으로. 타액의 실이 나와 남자를 이어준다. 남자들이 긴 속눈썹 아래로 나를 내려다본다. 나는 오른손을 위로 뻗어 그들의 뺨을 어루만진다. 그리고 눈썹을 찡그리며 웃는다. 그리고 남자를 내 것으로 한다. 내 살 위에 남자들이 있다. 그냥 남자들이. 욕망의 끝도 아니고 애정의 끝도 아닌 남자들이. 나는 그들 위를 걷는다. 해질녘 정처 없이 걸어다니는 세미냐크 사람들처럼. 그들은 그저 걷고 있었다. 해질 무렵이라서. 그들은 그저 웃고 있었다. 낙조가 아름다워서.

내가 쾌락에 몸부림치면, 멋지군 하고 한 남자는 말했다. 사실은 여기가 더 좋다며 손을 잡고 이끌면, 그건 나중에 하는 게 좋지 라고 한 남자는 속삭였다. 나는 섹스의 절정에서 늘 눈물을 머금는다. 눈동자를 덮은 투명한 막. 바깥세계가 번져 보인다. 열려 있으면서 닫혀 있는 내 눈. 마치 개구리처럼.

끝난 후에 나는 때로 샤워를 하고 싶어한다. 하지만 싸구려 로스멘의 욕실은 따뜻한 물이 나오지 않는다. 할 수 없이 선풍기를 틀어 몸을 말리고 그곳을 나온다. 1만 루피아. 그것이 그 방에 지불한 돈이다. 내가 거지에게 던져준 돈과 같은 금액. 망보는 노파가 뜯어가는 액수가 큰 것이다. 거지에게 베푼 은총과 우리의 정사가 같은 금액이라니. 나는 남자에게 안녕이라 말한다. 인도네시아어로. 그는 영어로 안녕이라 말한다. 나는 몇 걸음 걷다가 뒤돌아본다. 남자는 주머니에 손을 집어넣고 나를 보고 있다. 그들은 아쉬움을 표현하는 몸짓에 능숙하다.

나는 사타구니 사이에 끼어 있는 이물질의 여운을 곱씹으면서 호텔로 돌아온다. 마른 땀의 조각을 똑똑 떨어뜨리며. 나는 걱정하지 않는다. 아마도 물새가 쪼아먹을 테니까. 헨젤과 그레텔은 내 뒤를 따라올 수 없다.

나는 프런트에서 방 열쇠를 받아든다. 그리고 막 일을 끝낸 와양과 마주친다. 나는 쾌락에 지친 머리칼을 끌어올리며 그에게 인사한다. 그는 아무것도 모르면서 환하게 미소 짓는다. 그 역시 내 눈을 파고든다. 그의 웃는 얼굴은 남녀 사이의 미묘한 오고감을 족히 알고 있을 듯 보이는데. 하지만 우리가 너무 이른 시간에 얼굴을 마주하기 때문인지도 모른다. 우리가 계란을 매개로 얘기할 수밖에 없는 것도 어쩌면 당연하다. 그 시간에는 아직 공기가 데워지지 않으니까.

그리하여 어느 날 아침, 나는 계란 프라이와 소시지가 아닌 아침을 주문하기 위해 테이블에 앉는다. 불쑥 그를 갖고 싶었던 것이다. 내가 함께 잘 운명에 있는 남자들과, 나는 때로 잤다. 때로는 서로를 쳐다보기만 하고 끝내기도 했다. 집게손가락을 젖은 입술에 대는 것으로 끝난 적도 있었다. 함께 잘 운명이란 말은 정말 잔다는 것을 뜻하지는 않는다. 뜨거운 숨을 느끼게 하는 것으로 족한 적도 있었다. 또는 끈끈한 시선에 휘감기는 것만으로도.

나는 와양과 굳이 자지 않아도 상관없었다. 다만 그날 아침, 와양을 갖고 싶다고 생각했을 뿐이다. 나는 아침인데 빨간 립스틱을 발랐다. 그에게 내 욕망을 전하기 위해서는 아니었다. 커피를 따르기 위해 와양의 손가락이 만지작거리는 하얀 도기찻잔. 그 순간, 그 하얀 찻잔에 빨간 입술이 찍혀 있으면 정말 멋질 것이라고 생각했다. 그래서 나는 그렇게 했다. 빈 찻잔을 입술에 대고 그가 커피를 따라주러 오기를 기다렸다. 커피는 아주 검다. 하얀 찻잔의 손잡이 위에서 와양의 가뭇가뭇한 손가락이 거리낌 없이 춤춘다. 그는 내 유희의 각인을 확인하고는, 자신의 실수인가 하고 순간적으로 눈을 찡그린다. 그리고 그것이 내 입술색과 같은 색인 것을 알고는 웃음을 참느라 두툼한 입술을 꿈틀거린다.

"마담, 발리의 공기가 맛있었나요?"

그는 한쪽 눈을 찡긋 감으며 그렇게 말한다.

"네, 아주."

나는 조그만 소리로 대답한다. 그의 이런 말. 문명에 너무 찌든 것이라 나는 짜증이 난다. 나는 결국, 다른 요리를 주문하고 그가 다시 테이블로 돌아오기를 기다리는 신세가 된다. 뜨거운 커피로 립스틱의 기름기를 빼면서. 나는 도회적인 장난을 친 자신을 조금 부끄러워한다.

은포크로 계란을 가르며 나는 자신의 가운뎃손가락을 지그시 바라본다. 과거의 나는 거기에 늘 검은 잉크 자국을 묻히고 있었다. 지금은 거기에 담배를 끼고 있다. 담배는 내 손가락을 더럽히지 않는다. 지금의 나는 그것이 반가운 일인지 아닌지 알지 못한다. 아무튼 손가락은 지금, 언어를 위해 일하려 하지 않는다.

와양에게 나는 소설을 쓰는 사람이라고 하면, 놀랄까. 그는 이 한적한 교외의 호텔에 도마뱀처럼 눌러살고 있는 젊은 여자를 신기하게 여기고 있을 것이다. 무심하게 아침을 먹고, 더운 낮에는 어디론가 나갔다가 저녁때가 되면 지친 걸음으로 돌아오는 나를 이상하게 여기고 있을 것이다. 나는 이곳에 머무는 유럽의 부자들처럼 풀사이드에서 코코넛술을 마시지는 않으니까.

나는 편하고 싶다. 어쩌면 그런 마음은 다시 소설을 쓰고 싶다는 마음을 뜻하는지도 모른다. 나는 고뇌 속에서 얘깃거리를 찾아내는 그 고생 많은 사람들과는 다르니까. 내 손가락은 역할을 잃은 나태한 일상을 획득하고서야 비로소 하얀 종이 위에서 일할 수 있다. 나는 그 남자를 사랑한 것처럼 펜을 쥐려 했기 때문에 실수를 저지른 것이다. 바닷가에서 그물을 끌어올리는 노파를 볼 수 있었던 것은 참 다행스런 일이다. 모래에 박아둔 양동이에 당연한 일이듯 수확물을 떨어뜨렸던 그 노파. 내 소설은 그렇게 태어났어야 했다.

나는 와양이란 이름을 그의 셔츠에 붙어 있는 네임택을 보고 기억했다. 이 섬에 무수한 기호처럼 널려 있는 이름. 나는 많은 와양을 알고 있다. 수많은 와양과 스친 일이 있다. 하지만 그 이름은 하나뿐이다. 나는 와양의 살을 알고 있다. 이 한 글귀로 나는 무수한 비밀을 마음에 품을 수 있다. 소설 따위는 필요 없다. 나는 그에게, 나는 소설을 쓰는 사람이라고 말해도 상관없을지도 모른다. 그런 말 역시 내게 많은 비밀을 소유케 할 테니까. 그 발상은 나를 즐겁게 한다. 아무것도 쓸 마음이 없는 작가는 남자를 원하는 것도 아닌데 음탕한 여자를 닮았다.

눈앞에 있는 접시가 비었다. 그리고 커피도. 와양이 내가 앉아 있는 테이블로 커피포트를 들고 온다. 나는 그의 발치에 냅킨을 떨어뜨렸다. 그는 태연하게 그것을 주워 내 무릎에 펼쳐주었다.

"하얀 장갑이 아니라서 다행이로군요. 결투라도 신청하면, 나는 일자리를 잃을 테니까요."

"던진 게 아니에요."

그는 웃으면서 내 잔에 커피를 채운다. 역시 같은 손. 같은 손가락이 만드는 무구한 그림자. 나는 자신의 피부 위에서도 이 그림자극을 연출하고 싶어진다.

"그 밖에 필요하신 것은 없나요, 마담?"

그는 장난스럽게 말한다. 그래서 나도 그렇게 말한다.

"가람이 필요해요. 그리고 당신도."

그는 일단은 정중한 웨이터의 태도를 취하기 위해 알

았다는 듯 한쪽 눈썹을 삐끗 올리고는, 주머니에서 담배 케이스를 꺼내 내게 한 개비를 내민다. 나는 그것을 내 입술로 직접 받아 문다. 그는 라이터를 켜 불을 갖다대면서 다른 웨이터에게 들리지 않게 조그만 목소리로 속삭인다.

"나머지는 해변에 준비해놓겠습니다."

나뭇잎 사이로

나뭇잎 사이로 보이는 달은 오려낸 금색 종이. 모래를 거역하지 않는데, 거기에 돋아 있는 풀은 내 등을 찌르고 싶어한다. 파도는 나무숲 저 너머에 살아 있다. 나는 누운 채 무아지경이다. 이제야 제공된 나의 저녁 식사. 쏟아지는 별빛이 층을 이루는 그의 벗은 등. 내 머리칼은 모래를 따라 흘러 바람무늬를 만든다. 지금 막 끝난 가쁜 숨결의 시간. 어부가 모래를 밟는 소리는 철도원이 눈을 밟는 소리와 비슷하다. 소리의 주인공이 보이지 않는다. 하지만 증거인 발자국이 하나 둘 남는다. 나는 이런 시간에 왜 차가운 눈을 생각할까. 정사 후의 모래는 때로 눈을 닮아 허망하다. 은색. 차갑고, 뜨거운. 그리고 녹는다. 아무것도 모르는 개가 숨이 끊어져라 달려왔다가, 내 쾌락에 젖은 눈을 보고는 허둥지둥 도망간다. 그는 아무 말 없이 나를 내려다보면서 몸을 일으킨다. 모래가 젖은 입술에서 떨어져 내 볼에 쌓인다. 내 두 다리 사이에서 그곳으로 이동한 모래. 우리는 아무 말도 하지 않는다. 그가 더듬더듬 윗도리 주머니에서 미끄러져 나온 담배를 줍는다. 그리고 입술에 물고 불을 붙인다. 때로 불은 어둠 속에서 붉다. 나는 그의 입에서 흘러나오는 연기를 마신다. 연기는 한숨을 품고 있어, 달콤하다. 그는 조용했다. 나는 그것을 바람직한 일이라고 생각했다. 나를 실망시키지 않았던 향기로운 허리. 그 역시 내 눈앞에서 음식을 먹듯 나를 안았다. 나는 매끄럽게 넘어가는 포도주를 마시듯 그의 몸에서 떨어지는 땀으로 내 입술을 적셨다. 지금까지와 비슷한 유의, 그러나 명백하게 독립된 쾌락. 다른 것은 그가 나와는 다른 언어를 구사한다는 것뿐이다. 그리고 우리 둘이 또다시 이렇게 되리라고 확신한다는 것뿐이다. 하지만 말은 사용되지 않았다. 뜨거운 모래침대는 아침 식사의 테이블이 아니었으니까.

나는 부드럽게 움직이는 그의 살 아래에서 정말 기분이 좋았다. 그가 나를 강렬한 쾌락으로 인도할 때마다 그의 어깨 위에서 달이 깎여내렸다. 만월. 오늘밤, 해변에 있는 클럽은 밤새 문을 연다. 사람들은 춤을 추며 밤을 지새우리라. 아침까지. 그리고 우리는 밤을 새워 불을 피우리라. 서로의 살을 비벼.

"그런데, 알고 있었어?"

나는 비로소 목소리를 엮어낸다. 뭘? 이란 눈빛으로 그가 나를 바라본다. 두 눈동자가 달빛 아래 애처롭다.

"우리가 사랑을 나누는 동안, 누군가가 계속 보고 있었어."

"모르겠는데. 나는 아무것도 보고 있지 않았으니까."

"보고 있었어."

아니, 지켜봤다고 해야 할지도 모른다. 우리를 가린 나무숲 바깥 쪽에 소리 없이 앉아 있었던 소년. 나는 와양의 어깨 너머에 많은 것이 존재한다는 것을 알고 있었다. 달과 별과 어둠과 소년. 그는 허공에서 춤추는 내 다리와 남자의 살을 파고든 붉은 손톱을 조용히 지켜보았다. 아무 책망하지 않고.

"개 아니야?"

그렇지 않다. 개는 우리의 가쁜 숨소리에 놀라 도망칠 정도로 겁이 많다. 나는 그 소년을 어디선가 본 적이 있다. 그런데 어디서?

와양이 내 몸을 안아 일으키고는 몸에 묻은 모래를 털어 준다. 그리고 그의 윗도리를 내게 걸쳐주고는 어루만진다. 나는 그에게 몸을 맡기고 있다. 그 소년. 언제 사라진 것일까. 그는 분명히 우리를 보고 있었다. 와양이 나를 일으키자 내 두 다리가 휘청거린다. 잡은 나뭇가지가 부러져 발치에 떨어진다. 그가 모래에 묻혀 있는 내 샌들을 파낸다. 나는 팬티를 그의 주머니에 쑤셔넣고, 한 장짜리 천 같은 옷을 뒤집어쓴다. 그가 나를 껴안는다. 나는 그의 실팍한 가슴에 볼을 댄다. 눈은 이미 어둠에 완전히 익어, 나는 그의 솜털 하나하

나까지 셀 수 있다. 당신이 좋아. 내가 그에게 말한다. 바닷물이 오르고, 파도가 우리에게로 밀려온다. 그만, 가야겠군. 그가 말한다. 나는 고개를 끄덕이면서도 조금 더 있다가, 라고 말하고는 여전히 그의 팔에 안겨 있다. 그 역시, 나를 포근하게 안아주는 친절한 안락의 자다.

숲을 빠져나오는 동안, 야자열매가 떨어지는 소리를 몇 번이나 들었을까. 나는 약간 겁을 먹는다. 그는 내 손을 잡고 걷는다. 환한 낮에는 배려를 알았던 커다란 야자열매는 툭 하는 소리를 내며 떨어져 우리가 가는 길을 서슴없이 가로막는다. 풀 위에 대나무로 짠 조그만 울타리가 몇 군데나 있다. 이건 뭔데? 하고 물으며 만져본다.

무덤이야.

그가 대답하면서 웃는다.

차례를 기다리고 있는 거야, 태워질 차례.

무서워.

무섭긴, 얌전한데.

나는 선 채로 꼼짝하지 못한다. 부풀어오른 흙은 살아 있다. 그리고 죽은 사람들은 그 밑에서 말없이 태워질 때를 기다리고 있다. 흙이 맛있을까. 빗물은 달콤할까. 그들은 다시 한 번 죽기 위해 기다리고 있다. 파도소리를 들으면서. 시든 히비스커스 냄새를 맡으면서. 아, 죽음이란 이런 것이다. 이 섬에 사는 것과 그것은 얼마나 많이 닮았을까. 나는 더 이상은 죽음에 현혹되지 않을 것이다. 그것은 내가 시간 위에 가로누워 보이지 않는 눈을 뜨고 달콤한 꿀을 탐닉하는 것과 다름없는 일이다. 쉬고 있는 죽은 사람들. 그리고 쉬고 있는 나. 죽음을 기다리면서 사는 모든 것. 나는 웃는다. 그리고 와양도 웃는다. 흙에 보조개가 생긴다. 화장되는 그날까지.

아아. 나는 생각한다. 그 소년. 우리의 정사를 훔쳐

보았던 소년. 나는 지금도 그의 조용한 눈동자를 기억하고 있다. 내가 혐오란 감정에 휘둘리고 있을 때, 나를 뒤쫓아온 소년. 그는 의지를 지니고 나를 쫓아왔던 것은 아니었다. 그는 내 그림자밟기를 하며 놀았을 뿐인지도 모르는데. 호텔현관에서 무정한 경비에게 내쫓긴 소년. 울지는 않았지만. 그때 그 소년이었다. 어떻게 그는 알고 있는 것일까. 내가 안심을 거머쥐는 순간을. 내가 망각으로 가는 티켓을 끊는 그때를. 그때 그는, 돌담에 기대어 택시에서 내려 달리는 나를 내내 쳐다보고 있었다. 그리고 이번에는 나무들 사이에서 미동조차 하지 않고 보고 있었다. 내가 남자의 무게에 눌려 모래 속으로 매장되는 모습을. 그는 보고 있었다.

"타."

나는 와양의 허리에 팔을 감고 오토바이에 걸터앉는다. 가는, 그러나 건장한 허리. 방금 전까지 스프링처럼 나를 퉁겨냈던 것. 나는 관절이 어긋난 것처럼 흐물흐물하게 그의 등에 기댄다. 등, 그의 등. 나는 헬멧을 밀어올리고 그의 목덜미에 키스한다. 그는 후후후, 하고 웃으면서 한 손을 뒤로 돌려 아직도 젖어 있는, 그리고 앞으로 더욱 젖어들 내 사타구니를 손가락으로 간질인다. 왼손으로 해도 괜찮아? 하고 나는 말한다.

내 손은 더럽지 않은 걸.

그는 배덕한 힌두교도. 나는 눈을 감고 그의 왼손을 허락한다. 오른손보다 서툴지만 훨씬 정직하다. 그리고 나의 몸은 그의 천진함을 어여삐 여긴다.

다리를 건너자 그가 오토바이를 세웠다. 강물이 바다로 흘러드는, 그 위의 언덕. 그곳에는 수상방갈로가 있다.

"여기가, 당신 집?"

아니, 라고 그는 대답한다.

아는 사람이 살고 있어.

그가 문을 두드리며 뭐라고 소리친다. 주인은 벌써 잠이 든 모양이다. 불빛이 없는 집. 강물이 파도를 타고 커다란 소리를 내며 밀려 들어온다. 주위에는 다른 집이 한 채도 없다. 이런 곳에서 홀로 밤을 지내려면 용기가 필요하리라. 철썩거리는 파도 소리가 나를 과거로 옮겨다놓는다. 나는 주위를 돌아보았다. 별이 손에 닿는 장소에 있다. 어둠에 섞인 나뭇잎은 멀리에 있다.

벽에는 낡은 서프보드가 몇 개나 세워져 있다.

당신 친구, 서핑 해?

내가 묻는다.

응.

일도 해?

아니. 스폰서가 호주 사람인데, 그에게 서핑만 시켜.

왜?

글쎄, 모르겠는데. 파도를 타는 그들의 모습을 보고 싶은 거겠지.

천천히 옆으로 문이 열리면서 한 청년이 햇볕에 그을린 얼굴을 내민다. 와양이 발리 말로 뭐라고 말한다. 청년이 내 얼굴을 보고 싱긋 웃고는, 안녕하세요 라고 영어로 말한다. 나는 어색한 표정을 지으며, 깨워서 미안하다고 말한다. 그가 방으로 돌아가 옷을 입고 나온다. 그는 조금도 귀찮은 표정을 짓지 않고 아무쪼록 느긋하게, 라며 웃는다. 안에 한 사람이 더 있으니까 잠시만 기다려, 라고 와양이 말한다. 나는 점점 더 어색한 기분이 든다. 남자를 안기 위해 나는 두 사람을 안락한 잠에서 쫓아내고 있다. 와양은 개의치 않는 표정으로, 여기는 전기가 없어서 어두우니까 조심해, 라고 말한다. 그 태평스러움에 나는 약간 어이가 없다. 이윽고 다른 한 사람이 일어나 눈을 비비면서 나온다. 나는 그 얼굴을 보고 숨을 삼킨다.

"아까 그 녀석은 내 친구 유진이고, 이 녀석은 동생 토니. 물론 진짜 이름은 아니지. 호주의 부자가 붙인 이름. 그 호모가 말이야."

소년은 미소를 띠고 있다. 조금 전까지 나뭇가지와 들어올린 나의 다리를 분명하게 구별해 보고 있었던 소년.

이 아이야, 와양. 아까 내가 말했던 애.

"맞지, 너지? 네가 나를 보고 있었지?"

나는 소리친다. 이유를 알 수 없는 필요에 쫓겨. 소년은 고개를 갸우뚱하고 나를 쳐다보고 있을 뿐이다. 나의 쾌락을 훔쳐보던 때와는 전혀 다른, 천진한 표정으로.

소용없어.

와양이 내 어깨에 손을 올려놓고 말한다.

그는 영어를 모르니까.

나는 난감하게 돌아본다. 나는 눈앞에 있는, 성숙한 육체와 천진한 표정을 동시에 지닌 소년과 관계를 맺고 싶다고 생각한다. 육체와는 전혀 다른 차원에서. 왜냐하면, 나는 그가 이 섬과 똑같은 눈길로 나를 지켜본 순간을 알고 있으니까. 독기 없는 황홀경에 젖어 있었던 나를 증명할 수 있는 사람이란 것을 알고 있으니까.

"영어를 모르는 것도 그렇지만, 그는 귀가 안 들려. 그래서 말도 못하고."

나는 날이 밝도록

나는 날이 밝도록 와양의 품에 안겨 있었다. 그는 나를 가슴과 팔과 어깨로 안는다. 그리고 나는 그를 탄식과 신음과 쾌락을 호소하는 표정으로 안는다. 나는 남자를 그렇게 안는 것을 좋아한다. 내 몸은 아주 말이 많아진다. 시트에서 떠 있는 허리. 그의 머리칼을 빗어 내리는 손가락. 머리카락이 땀에 엉겨붙어 있는 목덜미.

우리는 때로는 웃으면서 서로의 몸을 탐닉하기도 했다. 웃음소리가 차오른 숨소리로 바뀐다. 나는 그럴 때마다, 늘 조금은 당황한다. 쾌락에 몸을 맡기는 어중간함이 정지할 때. 내 호흡 역시 순간적으로 멈춘다. 그리고, 진지해진다. 익사하기 직전의 불안에서 생겨나는 몸부림과 거기에서 시작되는 쾌락은 늘 나란히 존재한다.

침대에 고인 모래가 내 살을 애무한다. 우리가 묻혀 온 것인지, 여기에 사는 두 사람이 흘린 것인지 나는 모른다. 바람도 없는데 촛불이 흔들린다. 뻥 뚫린 높은 천장에 내 몸을 덮은 와양의 그림자가 일렁거린다. 이 방에 발을 들여놓고서, 커다란 등나무 의자에 앉아 따분하게 눈이 어둠에 익기를 기다렸던 나. 와양은 그때 밖에서 유진과 얘기를 나누고 있었다. 나는 이 방의 호화스러운 장식에 놀랐다. 철썩거리는 파도 소리가 어느 틈에 내 심장 소리와 겹쳐진다. 정사는 아주 조용하게 시작되리라.

침입자인 나를 진심으로 환영한다는 듯 토니는 테이블에 초를 하나 세우고 불을 붙였다. 그는 나와 와양이 지금부터 어떤 일을 하려는지 모두 다 알고 있는 듯했다. 그의 눈동자에 호기심은 전혀 어려 있지 않았다. 맨발의 소년은 촛불 너머에서 소리 없이 미소를 띠고 나를 용서하고 있다. 그의 시선이 너무도 절실하게 나를 파고 들어와, 나는 당황한다. 내가 할 수 있는 것은 담배에 불을 붙이는 것뿐이다. 나는 가람을 입에 물고 촛불에 얼굴을 갖다댄다. 그러자 토니도 나처럼 얼굴을 들이민다. 촛불을 사이에 두고 그는 내 얼굴을 쳐다본다. 내가 좋니? 하고 나는 물어본다. 담배연기와 내 숨에 촛불이 흔들리면서 그가 목이 막힌다는 표정으로 웃는다. 그는 아무 소리도 들을 수 없는 것이다. 나는 그가 조금 가엾어진다. 하지만, 이 방에서 귀가 필요할까. 소리가 없는데. 파도 소리, 바람 소리, 야자잎이 부딪치는 소리. 모든 소리가 정적에 동화돼 있다. 침묵이 내 마음에 성경책을 펼친다. 나는 이 섬에 오기 전, 때처럼 귓속에 끼여 있었던 그 독살스런 소리까지 용서하고픈 기분이 든다.

나는 토니의 머리칼을 만져본다. 소금물에 색이 바랜 머리칼. 그는 나를 거부하려 하지 않는다. 나는 그의 머리카락을 만지작거린다. 그는 눈을 가늘게 찌푸리고 테이블에 엎드린다. 찰랑거리는 머리칼이 촛불

아래로 흐른다. 시간이 멈춘다. 나는 아무 생각도 하지 않는다. 그가 나의 정사를 훔쳐봤다는 것도, 그의 잠을 방해한 나의 잘못도 잊고 있다. 나는 기억을 상실한다. 나는 자신이 펜을 쥔 인간이라는 것도, 한 남자를 사랑했다가 진부하게 실패했다는 사실도 잊어버린다. 그리고 지금 왜 자신이 이 장소에 있는지도 기억하지 못한다. 다만 눈앞에는 햇볕에 그을린 소년이 있고, 나는 모든 것을 방기하고 있다. 나는 지금, 소리와 언어와 남자를 원하는 욕망을 모두 체념하고 있다. 그리고 체념이란 이 얼마나 평온한 것인가 하고 생각한다. 나는 평생을 이렇게 끝내는 것은 아닐까 하는 착각에 빠져 있었다. 와양이 돌아오기 전까지는.

와양의 목소리에 나 자신으로 돌아왔을 때, 나는 벌써 몇 시간이 지난 줄만 알았다. 그러나 눈앞에 있는 촛불에서 촛농이 몇 방울 떨어졌을 뿐이었다. 와양이 들어오면서 토니가 일어나 나갔다. 스쳐 지나갈 때, 와양이 토니의 머리를 마구 헝클어놓듯 쓰다듬었다. 그것은 내가 그렇게 한 것과는 전혀 다른 의미를 지녔고, 토니의 일상은 흐트러졌다. 나는 간신히 자신이 여기에 있는 의미를 떠올렸다.

"그들은 어디로 간 건데?"

"바깥."

"그쯤이야 알지. 밖에 다른 집이 있는 거야?"

"아니. 밖에서 기다리고 있어."

"괜찮아?"

"뭐가?"

나는 어이가 없어 입을 다물었다.

"신경 쓸 거 없어. 오늘밤은 구름도 끼지 않았고."

"그런 문제가 아니잖아."

이해할 수 없다는 듯이 와양은 어깨를 으쓱했다.

이 방에는 우리가 더 어울려. 모래사장은 밀물에 잠겼고, 풀숲에는 독사가 있고, 지금 이 시간 사랑을 나누기에는 여기가 가장 로맨틱하지.

나는 웃음을 터뜨렸다. 쾌락을 우선시한다는 뜻일까.

그리고 남녀가 서로를 껴안는 것은 잠보다 우위에 있다. 자면서 꾸는 꿈은 절대 자기 뜻대로는 되지 않으니까.

쾌락의 순서를 아는 아이들은 내가 달콤한 신음을 내지르는 내내, 쏟아지는 별빛을 이불 삼아 휴식을 취했다. 토니에게는 내 이 방종한 비명이 들리지 않는다고 생각하자, 와양의 몸을 마음껏 즐길 수 있었다. 간혹 유진의 헛기침 소리가 들려, 우리들은 깔깔거리고 웃었다.

나는 이제 혼자서 거리를 어슬렁거리지 않는다. 정향유와 도리안 냄새가 그득한 뒷골목을 걷는 것. 그곳에서 내게 파고드는 남자들의 시선. 그런 것들은 내게 아무런 영향도 미치지 못했다. 물론 내게는 바람직한 일이었지만, 이제는 그런 것들에 둘러싸여 방황할 필요가 없었다. 내 옆에는 와양이 있다. 나는 발에 굳은

살이 박히도록 걸어 다니지 않는다. 그는 내게서 가장 가까운 곳에 있었다. 그리고 내게 아무것도 요구하지 않았다. 내게 아무런 기대도 하지 않았다. 결국 그는 내가 과거에 로스멘으로 끌어들였던 남자들과 마찬가지였다. 남자들. 내 젖은 입술이 눈앞에 있기에 다가와 키스하는 남자들. 내 치맛자락이 어지럽기에 손을 뻗으려는 남자들. 그들의 배려로 가득한 손가락은 모두 열기를 띠고 있었다. 그리고, 그것들의 온도는 모두 똑같았다. 시트를 똑같이 데웠다.

와양은 나와 관계를 맺은 후로 과묵한 웨이터가 되었다. 아침 식사 때도 그 경쾌한 농담을 피로하는 일은 없었다. 다른 테이블에서는 여전히 영어를 유창하게 구사하는 눈치 빠른 웨이터였지만. 그는 내게 커피를 따라주면서, 담담하게 그리고 나만이 알 수 있는 배덕적인 눈길을 보냈다. 그 눈길은 물론 뜨거웠지만, 공기 자체가 뜨거운 옥외식당에서는 조금도 눈에 띄지 않았다. 이 섬에서 욕망은 늘 공기 속으로 녹아든다.

룸서비스를 청하면, 그는 쟁반을 들고 내 방을 찾는다. 나는 포치로 다가온 그의 기척을 금방 알아차리고는 커튼을 열어젖힌다. 그는 내가 좋아하는 술이 담긴 쟁반을 든 채 태연하게 서 있다. 나는 유리창 너머로 그를 본다. 때로는 실크 슈미즈 차림으로, 때로는 검정 드레스 차림으로. 나는 턱으로 신호를 보내고 침대에 앉아 그를 기다린다. 그는 살짝 주위를 살피고는 방문을 연다. 문을 잠그지 않는 우리들을 위한 유리문. 그는 쟁반을 사이드 테이블에 올려놓고 나를 내려다본다. 그리고 술잔에 띄운 남국의 꽃을 내 귀에 꽂는다. 그러고는 만족스러운 듯 나를 보며 고개를 끄덕이고는, 귀엽군 이라고 중얼거린다. 나는 그가 귀걸이를 빼주기를 기다린다. 그는 보석에 흠집이 나지 않도록 귀걸이를 천천히 대리석 테이블에 내려놓는다. 신발을 신고 있을 때는 무릎을 꿇고 앉아 신발을 벗겨준다. 나는 그가 그러는 동안, 그의 귓불을 깨문다. 피어스 구멍이 뚫려 있는 왼쪽 귀는 혀에 휘감기는 감촉이 너무 좋아, 내 혀 밑에서는 타액이 샘솟는다. 당신이 좋아, 하고 나는 말해본다. 그가 나를 올려다보고는 미소 짓는다. 그는 기억하고 있으리라. 오늘 아침 식사 때, 계란의 노른자위가 뚝 뚝 떨어졌던 내 입술을. 손으로 집어먹었던 베이컨의 기름이 내 손톱에 윤기를 더했다는 것을.

그는 늘 같다. 그리고 가까이에 있다. 나는 힘들이지 않는다. 게다가 그는 내 몸을 배워가고 있다. 나는 지나가는 그의 모습, 가령 풀사이드에 있는 백인 여자에게 진을 서빙하며 찬사를 베푸는 그를 보기만 해도, 그에게서 묻어나는 내가 그에게 선사한 쾌락의 흔적을 알아볼 수 있다. 그의 사타구니에 달린 사랑스러운 물건은 내 몸에 길들여져 있다. 나는 숙련되고 익숙한 남자의 몸을 공범자를 보는 듯한 눈으로 본다. 우리는 같은 시트에 뿌리는 같은 욕망을 알고 있는 것이다.

토니는

토니는 갓 열다섯 살 생일이 지났다고 한다. 귀는 잘 들리지 않지만, 발리 사람이 하는 말은 입술 모양으로 다 읽어낼 수 있다. 그는 파도타기를 좋아한다. 그것이 본업인 유진도 겁을 낼 만큼 높은 파도에도 태연하게 돌진한다고 한다.

내가 옥외식당에 있으면, 그들이 해안에서 손을 흔든다. 나는 냅킨을 내려놓고 해변으로 걸어간다. 그들은 늘 보드를 껴안고 웃고 있다. 유진은 정말 아름답다. 그리고 내가 좋아하는, 뭔가를 체념한 듯한 표정을 짓고 있다. 과연 어떤 남자가 그를 저 호사스런 방갈로에 살게 하고 있는 것일까. 그는 아주 취미가 고상한 것이다. 그는 이 아름다운 청년이 덴파사르 시장과 외설스런 구타에 어울리지 않는다는 것을 잘 알고 있는 것이다. 하루 종일 해변에 있는 그는 가뭇가뭇하게 그을려 있다. 그리고 그 초콜릿 같은 몸은 소금물에 소독되어 완벽한 아름다움을 지닌다. 일 년에 몇 번 찾아온다는 백인 남자는 그의 가장 아름다운 곳만 탐닉하고 돌아가는 것이리라. 이 보석 같은 청년은 바다에 가둬두어야 한다. 호주 사투리가 섞인 유진의 영어를 들을 때마다 나는 조금 애틋해진다. 그는 영어란 이렇게 말하는 언어라 여기고 있다. 그는 이미 자기 애인을 위한 버릇을 갖고 있다.

때로는 토니 혼자 식당 앞에 있는 모래사장에서 나를 본다. 그런 때 그는 유진과 같이 있을 때처럼 웃으며 손을 흔들지는 않는다. 그는 돌담 너머에 펼쳐지는 우아한 다른 세계로 눈길을 향하고 나를 찾고 있다. 그는 분명 나를 좋아하고 있다. 왜일까, 하고 나는 신기해한다. 그는 아직 성애를 모를 텐데. 아이가 따르기에 나는 너무도 불친절하다. 그리고 부도덕하다. 나 같은 유의 여자가 풍기는 냄새를 혐오감 없이 받아들이려면 수컷으로서의 연륜을 쌓아야 할 필요가 있을 텐데.

나는 식사를 하면서 모래사장에 앉아 있는 토니를 본다. 그는 아무것도 하지 않고 나만 보고 있다.

아 저 녀석, 당신이 꽤나 마음에 든 모양인데.

백포도주를 들고 온 와양이 말한다.

왜 그런 거 같아?

내가 묻는다.

사랑하는 거 아냐.

나는 웃는다.

그는 어른이 아니야.

어린애도 아니지, 라고 와양이 말한다.

사랑이란 말을 나는 싫어한다. 그 말은 열정을 연상시킨다. 그리고 내 내면을 망가뜨린 그 남자를. 처음으로 내가 쫓아간, 그리고 울면서 매달린 그 남자를. 나는 그를 죽이고 싶은 적도 있었다. 그 여파가 내 손에 느껴졌을 때, 나는 몸을 부르르 떨 정도로 공포를 느꼈다.

나는 살인에는 적합하지 않다. 살해를 당한다면 받아들일 테지만. 사람을 죽이는 것은 자신이 살아 있다는 것을 확인하는 일이다. 또는 죽이고 싶다고 생각하는 것은. 나는 그때, 내 마음속에서 혐오와 애정이 입맞춤을 나누며 춤추는 것을 똑똑하게 보았다. 그리고, 그것은 집착. 집착이란 형태로 살아남는다. 나는 그때, 온전히 살아 있었다. 원해서 산다는 것은 체념을 모른다는 것이다. 가엾게도. 나는 지금 그때의 나 자신을 진심으로 동정할 수 있다.

나는 포도주잔을 손에 들고 해변으로 내려간다. 관광객이 없는 모래사장에는 성가신 행상도 없다. 개가 혀를 축 늘어뜨리고 길을 지나갈 뿐이다. 그리고 그들은 내게는 아무 관심도 보이지 않는다.

토니는 옆에 앉은 나를 만족스럽다는 듯 쳐다보았다. 생각보다 바람이 세서 머리칼이 흩날렸다. 나는 이마를 덮은 머리칼을 누르면서 포도주잔을 입으로 가져간다. 토니는 모래를 만지작거리면서 그런 나를 쳐다보고 있다. 나는, 자신이 열다섯 살 때 이미 술을 사랑스러운 것으로 여겼다는 생각이 떠올라, 그에게 잔을 내밀었다. 그는 조금 놀란 듯 고개를 옆으로 젓고는, 잔 테두리에 묻어 있는 빨간 립스틱만 핥았다. 너무도 자연스러운 그 몸짓에 내가 오히려 두근거리는 가슴으로 포도주를 마셨다. 태양은 머리 꼭대기에 있고, 이곳에는 햇살을 피할 야자수도 없다. 더는 더위를 견딜 수 없는지, 토니가 바다로 들어간다. 멍하게 그의 뒷모습을 바라보면서 나는 바람에 날려온 모래에 묻혀간다. 토니의 모습이 높은 파도에 가려 보이지 않는다. 나도 모르게 눈을 번쩍 뜨지만, 파도에 반사되는 햇살이 눈부셔 사방이 어두워진다. 파도가 요란한 소리를 내며 서로 부딪친다. 저 소년은 이 소리를 모른다. 태어났을 때부터, 자신을 둘러싼 이 섬의 음악을 모른다. 그래서 무섭지 않은 것이다. 저 높은 파도에 몸을 맡길 수 있는 것이다. 소리. 그것이 없는 세계는 과연 어떨까. 무서운 것이 하나 줄어든다. 만약 내 귀가 그의 귀처럼 아무 소리도 듣지 못한다면, 소리를 모르는 두루마리 그림 같은 소설을 써낼 수 있을지도 모르겠다. 물처럼 그 남자를 사랑할 수 있었을지도 모른다. 인간에게 다섯 가지 감각이 다 필요할까. 특히 절망의 포로가 된 나 같은 여자에게.

토니가 파도 사이로 고개를 내밀고 걱정하는 내게 손을 흔들었다. 그리고 해변으로 걸어나와, 무릎이 잠기는 깊이에서 파도와 장난치기 시작했다. 그러다 때로는 누워 눈을 감는다. 파도에 안겨 미소 짓는다. 나는 그를 부러워하면서도 여전히 모래에 묻혀 있다. 그가 물속에서 뭘 발견했는지, 일어나 손짓한다. 나는 한 손으로 치마를 걷어올리고, 다른 한 손에는 포도주잔을 든 채 샌들을 벗어던지고 조심조심 바다로 들어간다. 거품이 내 발에 닿아 공기가 된다. 멀리서 날아온 물방울이 내 볼에 비로 내린다. 토니가 신난다는 듯 내 옆으로 달려온다. 손에 뭘 쥐고 있다. 내가 뭐야, 하고 들여다보자 그는 그것을 내 코앞에 쑥 내밀고는 쥐었던 손을 폈다. 눈앞에서 게발이 천천히 움직이는 것을 본 순간, 나는 놀라서 포도주잔을 내던지고 말았다. 크리스털 잔이 반짝반짝 빛나면서 바다로 떨어진다. 포도주는 금빛 비가 되어 나와 토니에게 내린다. 토니는 조금 당황한 표정으로, 죄 많은 게의 발이 움직이지 못하도록 잡고 있다. 나는 뽀로통 화가 난 척하면서 토니를 쥐어박으려고 한다. 그는 하얀 이를 드러내 보이고, 게를 잡은 채 모래사장 쪽으로 도망친다. 나는 그를 쫓아가다가 젖은 모래에 발이 걸려 넘어진다. 나는 그 자리에 누워버린다. 젖은 모래는 나의 휴식을 방해하지 않는다. 살며시 밀려오는 파도가 얇은 천처럼 나를 감싼다. 포도주에 취한 내 숨은 달짝지근하고, 몸은 나른하다. 파도가 찰싹거리는 얕은 물에 누워 있는 나를 알아본 토니가 달려온다. 그리고 내가 기분 좋게 실눈을 뜨고 있는 것을 보고는 안심한 듯 게를 모래 위에 풀어놓는다. 자유로워진 게는 앞으로 걸어 우리에게서 멀어지려 한다. 나는 내가 인간이라는 것을 잊고 게를 쓰다들었다. 그러고는 집게손가락을 물려 비명을 지른다. 게가 내게서 떨어지지 않는다. 나는 손을 흔들어 게를 내 손가락에서 떨어뜨리려 한다. 놀란 토니가 내 손목을 잡고 움직이지 못하도록 한다. 동시에 게가 집게를 벌리고 내 손가락에서 떨어졌다. 내 손가락에서 피가 솟는다. 나는 망연하게 그것을 바라보고 있는데, 토니는 재빨리 내 손가락을 바닷물에 담가 씻고는 제 입에 문다. 그리고 빤다. 아주 아주 세게. 그는 내 피를 자신의 타액과 함께 뱉어낸다. 그리고 또 빤다. 나는 누운 채 그의 행동을 나른하게 보고 있다. 그리고 멀리로 눈길을 옮긴다. 내 눈은 모래와 같은 위치에 있다. 젖은 해변 위로 내 시야가 뻗어나간다. 그런데도 나는 자신의 입술 앞에 아무렇게나 놓여 있는 토니의 복사뼈가, 너무 눈이 부셔 보이지 않는다.

자신이 태어난 구로보칸 마을

자신이 태어난 구로보칸 마을을 보러 가자고 와양이 제안했다. 우리는 지배인에게 손님과 종업원의 수상쩍은 관계가 노출되는 성가심을 피하기 위해 호텔에서 멀리 떨어진 사원 뒤에서 만나기로 했다. 택시 운전사는 논 한가운데서 내린 나를 이상히 여겼지만, 팁을 넉넉하게 쥐어주자 내가 어디로 가는지 더 이상 탐색하지 않고 "외국인은 정말 알 수가 없다니까"라고 중얼거리고는 그대로 가버렸다.

나는 사원의 담에 기대어 와양과 키스를 나눈다. 인적 없는 곳에서 눈을 마주하면, 그의 눈동자는 내게 녹아든다. 나는 차분하게 그의 입술 맛을 음미한다. 그것은 술처럼 향기롭거나 맛있지는 않고 물처럼 갈증을 해소해주지도 않는다. 입 안으로 침입한 열대과일. 그 달콤한 즙을 흘릴 뿐인. 나는 자신의 목구멍으로 넘어오는 것을 그대로 받아들인다. 하지만 내 힘 빠진 입술이 그의 입맞춤을 흘리고 마는 일도 있다. 그런 때만 그는 조금은 의욕적으로 내 턱을 한 손으로 움켜쥐고 위로 쳐든다. 그러나 절대 강압적이 아닌 몸짓으로. 그는 내 마음을, 그리고 몸조차 강간하지 않는다. 그래서 나는 그와 함께 있다. 그는 파도보다 조용하고, 태양보다 부드럽다. 그리고 무엇보다 내게 구체적인 쾌락을 선사하는 기억력 좋은 기관을 갖고 있다. 그리고 품위 있는 언어를. 필요 없는, 그래서 더욱 아름다운 음악처럼 내 귀를 적시는 언어를. 그는 조심스런 농담도 좋아한다. 나를 간질이는 달콤한 농담. 내 손가락이 토해내는 마음의 토사물과는 전혀 무관한, 혀에 휘감기는 오블라토. 그것은 나사식 오프너나 태엽 감을 필요가 없는 시계처럼 일상을 편리하게 해준다.

나이가 지긋한 그 아름다운 여자는 이브라 불리고 있다. 구로보칸에 딱 한 군데 있는 잡화점의 주인이다. 와양은 그녀와 마치 연인처럼 얘기한다. 사롱을 휘감은 가는 허리는 눈이 반짝 뜨일 만큼 매력적이어서 도무지 남자를 받아들일 수 없는 나이라 여겨지지 않는다. 와양이 그녀와 얘기를 나누는 동안, 나는 건너편에 있는 찻집을 멍하게 바라보고 있었다.

아이들이 멀찌감치 나를 에워싸고 조잘거리고 있다. 그리고 웃는다.

왜 웃는 거지?

와양에게 묻는다.

우리의 관계를 알기 때문이겠지.

그게 우스운 일이야?

행복한 일이지.

아아, 그렇다. 행복할 때는 웃는 거였구나, 하고 나는 생각한다. 행복한 때는 웃는다. 그리고 불행할 때는 운다. 그들은 절대 감정을 허투루 쓰지 않는다. 그 싸구려 로스멘에서 나를 안았던 남자들을 떠올린다. 그들은 나를 안고서도 행복하지 않았던 것이리라. 그리고 나 역시 행복하지 않았다. 와양은? 그는, 때로 웃는다. 나도 그와 함께 있을 때는 웃는다. 그리고 지금 그는 이브와 함께 웃고 있다.

소녀들이 내 곁으로 다가와 쪼그리고 앉는다.

안녕.

말을 걸자, 기쁜 듯이 내 손을 잡고 손톱을 말똥말똥 쳐다본다. 내 빨간 손톱과 반지가 부러워 못 견디겠다는 듯이 그것에 볼을 비빈다. 나는 손톱을 의도적으로 손질한다. 그녀들은 그 손톱이 어디에 쓰이는지 모른다. 시트를 움켜진 탓에 빠져 베개 밑에 방치될 정도로 허망한 것이란 것도 모른다. 다만 보석을 보듯 탄성을 지른다. 그녀들의 무구한 눈동자는 자바에서 온 덴파사르의 매춘부들과는 전혀 무관하다. 그리고 바나나 도둑처럼 남자를 따먹는 나 같은 여자와도. 나는 슬며시 울고 싶어진다.

왜 그래?

와양이 묻는다.

나는 화가 난 표정을 짓고는 토라져 말한다.

불행해서.

그가 난감한 표정을 짓는다.

왜? 당신 나라에는 일렉트로닉스가 있잖아.

와양은 그렇게 황당한 방법으로 나를 위로한다.

이브는 그런 나를 보고는, 물들인 빠띡천을 몇 장이나 펼쳐 보인다. 보랏빛과 금빛 고귀한 색상이 내 주위로 강을 만들고, 나는 할 말을 잃는다. 나는 환한 얼굴로 그것들을 손에 쥐고 본다. 여자들, 또는 남자들의 가느다란 허리를 조이는 아름다운 천. 나는 한숨을 쉰다.

그건 의식을 위한 천이야.

와양이 말한다.

신과 조상을 위한 의식. 신은 인간의 허리에 덮개를 걸쳐주고, 그 밑으로 스며나오는 온기는 금실이 되어 올 사이를 달린다. .

바다에 마귀가 산다고 한다. 사람들은 해가 기울면 바다에 들어가지 않는다. 우리는 그때, 뭘 하고 있었을까. 악령이 지켜보는 가운데, 우리는 서로의 몸을 탐닉하고 있었다. 아무 생각도 하지 않고, 사랑을 나누지도 않고, 서로의 살을 꼭 껴안고 있었다. 체액의 실이 뒤엉켜 있었다. 집착이 개입하지 않는 정사. 괴로워하지 않고, 그리고 아무도 괴롭히지 않는다. 우리는 그때, 길거리를 어슬렁거리는 슬픈 눈의 개였다. 개는 슬픔을 이해하지 못한다. 신은 인간이 저지른 나쁜 짓은 용서하지 않아도 개가 범한 실수는 용서할 것이다. 그리고 바다에 사는 악령은 우리가 인간이라는 것을 알고는 음흉하게 웃으리라. 우리는 악령을 우리 편으로 끌어들였다. 왜냐하면 우리는 서로를 위해 눈물을 흘리지는 않으니까. 서로의 마음을 붙잡기 위해 몸을 사용하지는 않으니까.

토니. 그는 조금도 놀라지 않았다. 바다를 등지고 우리를 보고만 있을 뿐이다. 마치 밭을 가는 소를 보듯,

우리의 행위를 보고만 있었다. 그는 아마도 태어날 때부터 그런 광경을 봐왔던 것이리라. 그는 악령과 친숙하다. 그래서 나쁜 짓을 모른다. 그리고 좋은 일도. 하지만 그는 늘 보고 있다. 해변에서 뒤엉켜 있는 방종한 연인들과 어리석은 논쟁을 일삼는 어른들을, 다만 보고 있다. '왜 그러는 것일까, 알 수 없다, 하지만 그들은 아무튼 그러고 있다.' 그는 어른들이 펼쳐 보이는 단막극을 그렇게 느끼면서 물 같은 눈동자로 다만 보고 있다. 그 광경들에 그는 때로 미소 짓고 때로 당황한다. 하지만 그의 마음에 물결이 이는 일은 없다. 모든 것은 그의 눈을 스치고 지나가는 그림자극일 뿐이다.

"이브가 당신더러 옷을 벗으라는데."

와양의 목소리에 나는 나로 돌아온다. 이브가 온화한 눈빛으로 내 몸에 사롱을 맞춰본다. 갈색의 야생적인 빠띡, 그리고 짙은 녹색 허리띠. 이브는 나를 안에 있는 방으로 인도한다. 나는 그녀의 손이 이끄는 대로 낡은 미싱이 놓여 있는 방에 발을 들여놓는다. 그리고 바닥에 펼쳐져 있는 빠띡천의 아름다움에 입을 다물지 못한다. 그곳은 색의 홍수였다. 그것은 극채색은 아니지만, 화려하면서도 우울을 담고 있다. 이브는 아연하게 서 있는 나의 셔츠 단추를 풀고, 치마의 지퍼를 내렸다. 나는 어슴푸레한 방에서, 팬티 바람에 드러난 가슴을 껴안고 꼼짝 않는다. 이브가 자신이 고른 천을 내 몸에 감기 시작한다. 내 앞에 몸을 구부린 그녀의 목덜미에서 향긋한 냄새가 난다. 나는 손을 뻗어 퍼올리듯 향기를 자신의 코로 가져간다. 이브가 나를 올려다보며 웃는다. 그리고 허리를 꽉 조인 천의 끝을 묶고는, 선반에서 깡통을 꺼내 왔다. 뚜껑을 열자 안에는 우윳빛 젤리 같은 향수가 담겨 있었다. 그녀가 웃으면서 내게 뭐라 말하는데, 나는 알 수 없어 그저 웃기만 한다. 그녀는 고개를 끄덕이고는 향수를 손가락으로 떠내 내 목덜미에 펴 바른다. 나는 눈을 감고, 내 목덜미를 더듬는 그녀의 손가락을 느끼고 있다. 창틀에 걸린 발이 풍경처럼 소리를 낸다. 시간이 또 멈췄다고 생각했다.

발리 섬의 사람들은 누구든 시간을 멈추게 할 수 있다. 달짝지근한 냄새, 그리고 희미한 바람. 그것은 아주 손쉬운 일이다.

눈을 뜨자, 이브가 나도 모르는 새 내게 살이 비치는 무늬가 든 블라우스를 입히고 있었다. 그 위로 허리띠를 묶으려던 그녀가 생각났다는 듯 향수깡통이 있던 선반을 다시 더듬는다. 그러고는 또 조그만 깡통을 꺼내 내게 보인다. 그 안에는 연지. 이브가 웃는다. 그러고 보니, 아까 만났을 때의 입맞춤으로 와양이 내 립스틱을 다 핥아먹은 것이다. 나는 자신의 입술에 손가락을 대본다. 마른 립스틱의 흔적. 그리고 축축한 키스의 여운. 나도 그녀와 함께 웃는다. 두 여자의 낮은 웃음소리가 어두운 방 안으로 퍼진다. 처마 밑에 내걸린 횃대 위에서, 앵무새도 우리와 함께 웃는다.

이브는 새끼손가락으로 연지를 떠내 내 입술을 물들인다. 그리고 나머지로 내 두 젖꼭지를. 그것들은 그녀의 손가락에 밀려 딱딱하게 부풀어오른다. 나는 놀라 조그맣게 소리를 지른다. 이브는 다 안다는 표정으로 나를 보고는 단추가 없는 블라우스의 옷깃을 여미고 핀을 꽂는다. 허리띠까지 묶은 나는 그녀의 어깨를 껴안고 고맙다고 인사한다. 쾌락에 관대한 사람들. 나는 진심으로 감사한다. 그녀 자신은 절대 쾌락을 즐기지 않는데, 내게 무언가를 위탁하는 것처럼 보인다. 그러고 보면 발리의 여자들은 모두 그런 구석이 있다. 4만 루피아에 몸을 파는 자바의 창부 같은 면은 없다.

나는 그녀들을 좋아한다. 나를 용서해주니까. 내 손톱을, 내 입술을. 그리고 내 젖꼭지를. 이브는 나를 이리저리 바라보고는, 이제 가라고 몸짓한다. 나는 뒤로 돌아 어깨 너머로 그녀를 본다. 그녀는 내 등을 밀면서 어서 가라고 채근한다. 나른한 쾌락 속으로 어서 발을 들여놓으라는 듯이.

발리의 여인들 같은 차림에 쑥스러워하는 나를 보고서, 소녀들이 쿡쿡 웃었다. 허리에 사롱을 감아 입은 나는 마치 전족을 당한 중국 창부처럼 어색하게 걸을 수밖에 없다. 나는 이제 어떤 남자에게서도 도망칠 수 없으리라. 사롱 아래에는 음탕한 동굴이 있다. 나는 똑바로 걸을 수 없다. 만약 나를 쓰러뜨리는 남자가 있다면, 나는 가만히 누워 허리띠가 풀리기를 기다리고 있으리라. 발리 사람이 아니면서 발리의 옷을 입은 나는 제단에 바쳐진 희생양. 나는 이제 남자를 좇지는 않으리라. 나는 증오를 잊고, 그저 운명을 감수하리라.

와양은 나를 보고는 무척이나 만족스러운 표정으로 고개를 끄덕이고는, 이브에게 뭐라고 말한다. 그녀는 무슨 속뜻이 있는 것처럼 미소 짓고는 와양이 얼굴을 붉힐 말을 한다. 아이들은 나를 보고는 신이 나서 뭐라고 조잘댄다.

이브에게 옷값을 치러야지.

나는 와양에게 말한다.

당신, 얼마를 지불하고 싶은데?

그 물음에 오히려 내가 당황한다.

모르겠어.

나는 난감한 표정으로 이브를 본다.

와양과 이브가 옷값을 의논하고, 나는 어이가 없을 만큼 싼 값에 그 옷을 소유한다. 내가 이 섬에 녹아들기 위한 의상. 행복한 시체가 되기 위한 덮개. 허리에 감아 묶은 천 아래에는 달콤한 꿈을 꾸는 동굴이 살아 있다.

이브가 내게 종이상자를 건네며 선물이라고 한다. 끈으로 단단히 묶여 있어, 나는 열어볼 수가 없다. 연필로 휘갈겨 쓴 3천 루피아란 가격. 나는, 그들에게는 값비싼 이런 물건을 받아도 괜찮냐고 와양의 얼굴을 본다.

이브가 당신이 마음에 들었나 봐.

와양이 대답한다. 왜일까. 이브는 말없이 나를 쳐다볼 뿐이다. 나는 비치는 블라우스 속에서 흔들리는 자신의 유두를 생각한다. 그것은 기다리다 못해 벌써 딱딱해진다. 남자도 아니고, 남자의 몸도 아닌 것을. 나는 오랜만에 애타는 기다림이란 감정을 껴안는다. 그것은 갑작스레 덮치는 공복감처럼, 나 자신이 살아 있다는 것을 느끼게 한다. 나는 지금 막, 마음속에서 무언가를 죽이기 시작했다.

토니가 자전거에서

토니가 자전거에서 뛰어내려 나와 와양에게로 달려온다. 그리고 발리 여인의 차림을 한 나를 보고서 놀라 입을 쩍 벌리고는 정말 기쁘다는 표정으로 와양의 팔에 매달린다. 그는 흥분해서 내 주위를 맴돌고, 내 모습을 머리끝에서 발끝까지 쳐다본다. 그리고 깡충거리며 내 앞에서 박수를 친다. 나와 키가 똑같은, 어른이 되어가고 있는 소년의 그 동작에 나는 웃음을 터뜨리고, 와양과 이브는 즐거운 듯 서로 속삭이며 나와 토니를 번갈아 본다. 내 눈에는 와양과 이브가 서로를 잘 이해하는 것처럼 보인다. 그들은 비밀을 비밀인 채로 털어놓을 수 있는 유일한 동지인지도 모른다. 이브는 나와 와양의 관계, 그리고 앞으로 어떤 일을 벌일지 순간에 헤아렸고, 물론 와양은 이브가 나와의 관계를 이미 짐작하고 있다는 것을 알고 있다. 우리의 관계. 사랑도 아니고 육욕도 아닌 소리 없는 실로 연결된 것. 그것은 아주 당연한 일이듯 고백되는 일 없이, 두 사람 사이에서만 조용히 얘기된다. 그리고 그들은 토니가 나를 좋아한다는 것도 알고 있다. 과일을 좋아하듯, 사탕수수를 좋아하듯, 태양을 좋아하듯 토니가 나를 좋아한다는 것을. 그가 깡충거린다. 높은 파도를 봤을 때처럼. 그의 눈이 빛난다. 바나나 튀김을 얻었을 때처럼. 들을 수 없는 소년은 아비 없는 소녀와 마찬가지로 불행을 짊어지고 있다. 학교에도 가지 못하고, 결혼도 못하고, 그리고 절에도 갈 수 없다. 그들이 행복할 수 있는 때는 오직 좋아하는 것을 만났을 때다. 말하지 못하는 소년은 좋아한다는 말을 모른다. 좋다는 감정이 우러난 후, 몸이 좋아한다고 얘기한다. 왜 나는 눈빛에 기쁨을 담고 있는 것일까. 왜 나는 웃으며 뛰어다니는 것일까. 그런 일들이 행복을 부른다는 것을, 그는 영원히 알지 못한다.

우리는 이브와 헤어져 가게를 나온다. 이브는 천천히 손을 흔들면서 우리를 배웅한다. 그 등 뒤에 어린아이들이 나란히 서 있다. 나는 오토바이에 옆으로 앉아 사롱 자락을 꼭꼭 여민다. 발목에 건 금발찌가 스르륵 복사뼈 아래로 흐른다. 나는 아무래도 발리의 여자와는 다르다. 아이들은 이제 웃지 않는다. 신기한 것을 봤을 때 같은 표정이다. 그들은 막연하게 알고 있다. 쾌락을 거부하는 척하면서도 그것을 갈망하는 여자. 그리고 쾌락을 손쉽게 받아들이고 또 손쉽게 놓치는 여자. 요컨대 내가 방종하고 믿을 수 없는, 하지만 용서하지 않을 수 없는 커피잔 바닥에 고인 설탕 같은 여자라는 것을.

나는 그것을 알 수 있다. 설탕 같은 사람을 보고서 그들이 당황하고 있다는 것을. 하지만 나는 또, 묵인하는 인간의 존재도 알고 있다. 이브와 와양과 토니 같은. 인정한다는 것은 조금은 사랑한다는 것. 나는 자신을 향한 그 행위가 고맙다. 나는 많은 것들을 인정하리라. 그리고, 그것들을 여유로운 마음으로 받아들이리라. 후덥지근한 공기가 땀방울을 낳고, 그것은 때로 티 없는 수정처럼 보이기도 한다. 수정을 눈 속에 새겨넣는 것은 나를 멋지게 꾸미는 일이다. 그것은, 전혀 나쁘지 않다. 나는 그렇게 생각하는 나 자신을 씁쓸해한다. 이브는 향이 밴 그 방에서 내게 마술을 걸었다. 그것은 발리에 전해져 내려오는, 침을 묻혀 상처를 치료하는 흑마술을 닮았다. 그녀의 침은 빨간 연지. 내 젖꼭지를 부풀게 하는. 조금은 아플 정도로. 나는 갖고 싶다. 갖고 싶어 견딜 수 없는 것이 있다. 그것이 무엇인지는 말할 수 없지만.

오토바이가 달린다. 자전거를 타고 뒤따라오는 토니의 모습이 보인다. 내 블라우스는 젖꼭지로 조그만 산을 만든다. 토니에게는 보이지 않으리라. 하지만 와양은 매끄러운 등으로 오토바이의 흔들림에 따라 부딪치는 그것들을 느끼는지도 모른다.

비가 뿌리기 시작했다. 검은 구름. 우기의 시작은 늘 우리에게 갑작스런 샤워를 쏟아붓는다. 젖꼭지의 상쾌한 목욕. 나는 눈을 감는다. 와양은 내 새 옷이 비에 젖지는 않을까 걱정한다. 빗발이 점차 세진다. 내 귀걸이에서 빗방울이 떨어지기 시작한다. 비는 녹음을 더욱 짙게 하고, 토니의 모습은 물안개에 가려 뽀얗다. 토니는 있는 힘을 다해 페달을 밟는다. 하지만 우리의 거리는 좁혀지지 않는다.

와양은 오토바이를 탄 채로 조그만 수상 방갈로가 모여 있는 호텔로 들어간다. 무뚝뚝한 프런트 담당 직원이 와양의 신호를 슬쩍 확인만 하고 열쇠를 건네고는 페이퍼백에 열중한다. 우리는 조그만 레스토랑을 지나 방을 찾아간다. 손님 없는 호텔. 테이블에 덩그러니 놓여 있는 마시다 만 잔에서 진의 솔향기가 흐르고 있다.

와양이 문을 여는 동안, 나는 지붕 달린 포치에서 등나무 의자에 앉아 있는다. 그리고 젖은 샌들을 벗기 위해 한쪽 다리를 테이블에 올려놓는다. 사롱의 앞자락이 벌어지면서 내 사타구니에서 뜨끈한 냄새가 흘러나와 진의 향기에 녹아든다. 나는 갑자기 갈증을 느낀다. 점점 더 거세지는 빗발이 포치를 때린다. 하지만, 비로는 그 갈증을 풀 수 없다.

와양이 열린 문을 가리키며, 말한다.

안 들어가.

잠시만 더 여기 있고 싶어.

내가 대답한다.

잠시 여기서 비를 피하고 싶어. 당신 때문에 어차피 내 몸은 더 젖을 테니까.

나는 그렇게 중얼거린다.

와양은 고개를 끄덕이고, 내가 원하는 진토닉와 자신을 위한 야자술을 사기 위해 레스토랑으로 간다. 나는 무례하게 맨발을 테이블에 올려놓은 채로 있다. 나는 멍하니 빗소리를 듣는다. 이 소리를, 몇 번이나 들었을까. 때로는 같은 소리, 때로는 다른 소리. 하지만 오늘처럼 뜨겁게 들린 적은 없다. 왜일까. 왜, 오늘은 다르게 들리는 것일까. 내 심장이 뛰는 소리가 빗소리에 동조한다. 내 살은 악보를 펼쳐놓고 낙숫물 통에서 떨어지는 물방울을 받는다. 젖어버린 머리칼. 내 이마는 땀종이가 되어 머릿속을 적신다. 그곳은 해면. 경혈을 남김없이 빨아들이는 저 해면. 나는 쾌락을 사랑할 수 있다. 그리고 욕망을 느낄 수 있다. 살을 부비는 것, 그리고 타액을 교환하는 것. 상대의 품에 온전히 안기는 것. 손가락들의 춤을 허락하고, 흘러들어오는 혀로 귀를 채우는 것. 그것들 모두에 대한 욕망을. 나는 남자의 몸이 나를 따스하게 데우는 것, 진정한 의미로 그렇게 하는 것을 다시 떠올리고 있다. 지금에야 겨우. 남자는 내 뜻대로. 그리고 그렇게 되어야 내가 사랑하는 것일 수 있었음을 기억해낸다. 남자의 살은 사랑스럽다. 그리고 남자가 토해내는 거친 한숨이 조합하는 공기는 둘도 없이 소중한 것. 사랑한다는 말, 그것은 그저 음악이다. 아름다운 음악. 부담없이 사용되어야 하는 천진난만한 말. 나는 이 섬에서 성애의 부족함은 느끼지 않았다. 하지만 사랑은 그렇지 않았다. 사랑한다는 말을 너무도 예뻐했다. 손톱 조각, 또는 뾰족 튀어나온 팔꿈치 뼈. 사랑은 그런 곳에도 매달린다. 겨드랑이에서 솟아나는 찝찔한 물. 진주빛 하얀 눈에 그어진 빨간 균열. 사랑의 마술은 그런 곳에도 불을 일으킨다. 나는 정말 너무 많은 것을 잊고 있었다. 내가 좋아하는 기억상실은, 그런 것들이 아닌 것을 잊고서야 비로소 존재하는 것이었는데.

와양은 테이블 위에 놓인 발톱에 소리 내어 키스하면서 내게 진을 건넸다. 나는 잔을 눈 위로 들어올리고, 건배라고 말한다. 와양은 나의 경쾌한, 그러나 절대 요란스럽지 않은 그 동작이 만족스럽다는 듯 선 채로 잔을 들어올린다. 쏟아지는 비에 건배. 나를 감싼 사롱에 건배. 눈앞에 서 있는 남자의 몸에, 그리고 내가 남기고 온 기억에 건배.

나는 잔 속에 손가락을 넣어 얼음을 몇 개 꺼내서 버린다. 풍토병에 걸리고 싶지 않다. 아니, 내 몸은 이미

풍토병에 걸려 있다. 얼음이 뜨거운 비에 녹아 사라진다. 그 후, 강물이 되어 흙으로 스며든다. 내 손바닥에서 진은, 레스토랑에 홀로 남겨져 있던 진보다 한결 따스하고 좋은 향을 풍긴다. 내 입 안을 오가는 술은 절대 고독하지 않다. 나의 혀는 사랑을 기억해내기 시작했다.

와양이 내 발을 살며시 바닥에 내려놓고, 내 몸을 일으켜 키스한다. 그의 이를 물들인 야자술이 타액에 중화되어 내 입으로 조용히 흘러든다. 나는 취기를 느끼고 눈을 뜬다. 와양이 내게서 입술을 뗀다. 긴 속눈썹이 그림자를 드리우고, 나는 그 그늘 속에서 휴식한다. 다갈색 눈동자는 내가 그럴 수 있도록 허락할 만큼 자비롭다. 그리고 내 입술은 어리광을 피우듯 이런 말을 떨어낸다.

"사랑해."

와양이 고개를 끄덕인다. 그는 알고 있다. 내가 정말 그를 사랑해서 원하고 있다는 것을. 나는 그의 육체가

지닌, 내게 친절한 모든 부분을 사랑하고 있다. 나는 그것을 취하고 싶은 것이다. 상처를 입히고, 그리고 그 상처를 핥아줄 만큼 나는 그의 육체를 사랑하고 있다. 나는 몇 번이든 부담없이 말할 수 있다. 나, 당신을 사랑하고 있어. 나는 그의 살과 피부를 정말 사랑한다. 내 사타구니는 그가 지닌 무수한 촉수를 그리워하고 있다. 나는 느닷없이, 많은 것들을 사랑한다고 말할 수 있다. 바다, 햇살, 달콤한 술. 내게 원하도록 하는 그 모든 것들에 그렇게 말할 수 있다. 다시. 침대 속에서 와양과 빚어내는 달콤한 셰리주 같은 정욕의 시간, 또는…….

아 참. 나는 이브에게서 받은 선물을 뜯어본다. 종이 상자 속에서 검은 덩어리가 반짝반짝 웃고 있다. 그것은 발리 여자들이 축제 때 단단히 묶은 자신의 머리 위에 올려놓는 헤어피스였다. 그 검고 아담한 동산을 손바닥에 올려놓자 마치 움직일 것 같았다. 이브는 이것을 과연 어떤 마음으로 내게 주었을까.

와양이 그것을 내 손에서 빼앗아, 광대처럼 자기 머리에 올려놓는다. 그리고 춤추면서 방 안으로 들어간다. 축제를 위한 머리칼. 가믈란이 울린다면 와양의 춤은 정말 외설적으로 보일 것이다. 하지만 내리는 빗속에서는, 내 마음에 사랑스러움이 샘솟게 한다. 와양이 뒤돌아 내게 손짓한다. 나는 웃는다. 그리고 간다.

이미 풀린 사롱의 매듭. 나는 맨발을 방 안으로 들이민다. 샌들을 벗어던진 채. 내 눈에 레스토랑 저 편에서 자전거를 끌고 오는 토니가 들어온다. 그도 나를 알아보고는 흠뻑 젖은 생쥐꼴로 웃는다. 그가 우리 방을 향해 걸어온다. 나는 잠시 그 자리에 서 있다가, 방문을 닫는다. 토니는 이 포치에서 비를 피하리라. 그리고 새어나오는 우리의 뜨거운 신음소리로 젖은 몸을 말리리라. 그는 괜찮다, 아마도. 밖은 비, 방 안에서는 축제가 시작된다.

사랑스러운 것을

사랑스러운 것을 얻은 나는 눈물을 머금는다. 내게 와양의 몸은 어제와 오늘이 전혀 다르다. 나는 그의 몸에 대한 욕망을 거침없이 드러낸다. 지금까지 나는 그의 몸을 받아들였을 뿐이었다. 신음과 땀과 한숨으로 내 몸의 기분을 솔직하게 전하기는 했지만. 지금 나는, 그에게 희열을 선물하고 싶다. 지금까지도 그의 허리에 얼굴을 묻기는 했다. 하지만 그런 후 나는 그의 사타구니에 살아 있는 것에 뺨을 부비며 사랑을 고백하고 싶다. 그 몸짓에는 기교도 책략도 없으니까, 그의 몸에 쾌락을 안겨줄 수 없을지도 모른다. 하지만 그의 마음 한구석은 분명 안락해질 것이다.

나는 지금까지 아무런 속셈 없이 쾌락을 내 얼굴에

새겨왔다. 쾌락이 내 표정을 만들었던 것이다. 지금은 나 스스로 약간의 교태를 덧붙인다. 그에게 보이고 싶으니까. 나의 교태는 지나치지 않으니까, 그를 기쁘게 할 수 있을 것이다. 나는 약간의 수고를 한다. 그 때문에 내 마음은 약간 긴장한다. 그래서 내 등뼈는 유연하게 휘어진다. 그것이 만들어내는 시트의 주름은 아름다울 것이다. 나는 이 섬에 온 후로 전혀 고생을 몰랐다. 덴파사르에서 주운 남자들은 나를 받아들였다. 그리고 나의 어리광을 허용했다. 나는 따랐고, 그들도 나를 따랐다. 그래서 지금처럼 슬쩍 저항해 보이는 내 손을 베개 위로 짓누르는 와양의 손, 그 손가락이 내 손가락과 얽힐 때의 쾌락을 나는 몰랐다. 그의 머리칼을 쓰다듬으며 짓는 애틋한 표정, 눈살을 살짝 찌푸리면서도 미소를 띠고 그를 올려다보는 내게 감동하는 와양의 눈빛을 쳐다보는 감개를 만끽하는 것도 몰랐다. 나는 어쩌면 그토록 오래, 수많은 맛있는 것들을 놓쳐왔던 것일까. 나는 달콤한 사탕을 핥고 싶어했다. 진짜 달콤한 사탕은 눈앞에 있는 남자를 아무런 혐오감도 속셈도 없이 만끽한 다음에나 있는 것이다. 그 맛은 서로의 몸을 몇 번이고 반사한 욕망의 끝에 있다. 그리고 그곳에 도달한 남자와 여자는 자신을 절대 망가뜨리지 않는 완벽한 연기자가 될 수 있다. 욕망은 욕망을 부르고, 행복은 행복을 부른다. 완벽한 연기자는 상대를 미워하지 않는다. 그리고 상처도 주지 않는다. 사실은 받아들여야 한다. 나는 내 몸 위에 있는 남자의 살을 사랑한다. 그리고 그 살이 자아내는 나를 향한 애정을 사랑한다. 나는 내가 그를 사랑하고 있다는 것을 알리고 싶어 반응한다. 그리고 그것을 안 남자는 자신도 그렇다는 것을 알리기 위해 몸을 사용한다. 사랑은 편안하다. 그리고 따스하다. 나는 타인을 기분 좋게 하기 위해 눈물을 흘릴 수 있다. 그 마음에 구속하고 싶어하는 욕구는 없다. 눈앞에 나를 사랑하는 남자의 몸이 있기에 나는 그것을 사랑한다. 어쩌면 내일, 우리는 그러기를 그만둘지도 모른다. 하지만 그런 일 따위는 아무 상관없다. 사랑하는 것을 다시 발견했을 때, 미래는 소실된다. 왜냐하면, 미래에는 아무런 가치도 없으니까. 가치가 없는 것은 소멸한다. 하지만 이 남자의 살은 남는다. 내 위로 떨어지는 땀이 내 모든 것이 된다.

와양은 빨갛게 칠한 내 발톱을 자신의 발톱 끝으로 누른다. 나는 그의 발끝에 내 감정을 전하기 위해 발톱을 비킨다. 내 발은 귀여운 형태로 말리고, 그는 엄지발가락으로 그것을 부드럽게 쓰다듬는다. 나는 그렇게 하니까 기분이 좋아 소름이 다 끼치네, 라고 말한다. 그는 더욱 정성을 들여 내 발을 쓰다듬는다.

나는 엎드려 베개를 껴안는다. 그에게 내 얼굴은 보이지 않는다. 나는 자신의 안락함을 그에게 전하고 싶어 침을 흘리며 베개에 얼룩을 그린다. 그는 그것을 알아보고 내 목을 자기 쪽으로 돌려 내 반쯤 열린 입술을 빤다. 나는 실눈을 뜨고 비스듬히 그를 올려다본다. 그리고, 너무 황홀해서 죽고 싶을 정도, 라고 띄엄띄엄 말한다.

죽어도 괜찮아.

그 역시 숨을 헉헉거리며 말한다.

괜찮아? 정말?

응, 정말이야. 나도 죽으면 되니까.

우리가 죽었다는 것을 아무도 몰랐으면 좋겠어. 아무도 동정하지 않았으면 좋겠고.

그런 사람이 어디 있겠어. 침대 위에서 베개를 깨물고 죽은 사람을 누가 동정한다고.

나는 베개 끝을 깨물고, 당신은 내 귀를 깨물고.

아아, 정말 기분이 좋군. 당신의 몸, 그리고 벗어던진 옷. 많은 것들이 기분 좋은 공기를 만들어내고 있어.

정말? 당신의 허리가 움직이며 일으키는 바람, 증발하는 야자술. 미끄러운 땀에   져버린 반지.

당신의 페니스가 그것에 걸려 꺾인다. 그리고 내 살 위에서 구른다. 달콤한 땀 속에 익사한 페니스. 구해내려 손을 뻗었다가 오히려 끌려 들어간 내 마음. 죽음조차 쾌락. 그리고 살아남은 살은 이로 깎아내고픈 욕망.

나는 뜨거워진다. 이브가 목덜미에 발라준 향수가 발효한다. 그 향이 온 방을 가득 채우고, 나는 숨을 컥컥거린다. 그는 탐닉한다. 나는 소리를 지른다. 그는 속삭인다. 속삭임이 내 가슴에 하늘하늘 떨어져 내 살을 빨갛게 물들인다. 그는 다시 한 번 그것을 빨려고 내 젖꼭지에 입을 댄다. 이브가 화장을 해준 젖꼭지. 축제를 위한 연분홍 산호. 그가 젖꼭지를 잘근잘근 깨문다. 그리고, 번지는 빨간 인분. 이가 물든다. 그리고 이번에는 빨간 진주. 나는 그것을 원한다고 말한다. 두 다리 사이로. 진주조개. 나의 체내는 갖가지 사랑을 양식한다. 다리는 부채. 각도를 바꾼다. 다양한 음탕함. 받아들이는 빠딱. 그가 사랑한다고 말한다. 언어. 빗소리. 젖어드는 한숨. 시트가 서로 부딪치면서 불꽃이 튄다. 옆구리에는 손톱자국. 발목에는 손가락 다섯 개. 금빛 발찌가 흘렀다가 멈췄다가. 자유분방한 것은 내 머리칼도 마찬가지. 베개 위에서 춤을 추고, 시트 위를 달리고, 때로는 바닥에서 잠든다. 정말 제멋대로다. 그래서 벌을 받는다. 그의 젖은 손가락으로. 그는 간혹 내 머리칼을 움켜쥐고 잡아당긴다. 나는 액사를 기다리는 행복한 희생양. 발리에 바쳐진 제물. 무덤에서도 허리에 사롱을 휘감는다. 그래서 나는 와양의 살을 감는다. 감겨 숨이 멈추면 나는 행복한 시체가 된다.

죽은 자는 감수성이 아주 예민해서, 방 밖에 있는 사람의 기척을 감지한다. 토니가 포치에 쭈그리고 앉아 우리를 기다리고 있다. 빗소리는 사랑한다는 말. 흘러 토니를 적신다. 그는 사타구니에 몰래 고막을 감추고 있다. 나는 그가 나를 보고, 느끼고 행복해진다는 것을 안다. 행복은 고막을 부르르 진동시키고, 그는 애절한 표정을 짓는다. 나는 그것을 알 수 있다. 그때, 해변에서 그는 내 피를 빨았다. 그리고 뱉어냈다. 다 뱉어내지 못하고 입 안에 남은 피의 앙금. 그것은 몸 안에 들러붙어 그를 어른으로 성장시킬 것이다. 문틈으로 흘러나오는 나와 와양의 고조된 애정을 사타구니로 느낄 수 있을 만큼. 내 손가락은 문 안쪽에서 와양의 살 위를 음란하게 미끄러진다. 게에게 처형당할 뻔했던 가여운 손가락. 토니의 도움으로 살아난 그것은 지금도 뜨거운 고름을 지니고 있다. 내 등뼈가 삐걱거리는 소리는 그에게 들리지 않는다. 하지만 나의 신음은 흐르고 흘러 그를 적신다. 마치 친밀한 열대의 비처럼. 어느 방에선가 타이프라이터를 치는 소리가 들린다. 누군가가 소설을 쓰고 있다. 지금 같으면 나도 쓸 수 있다. 아아, 그런데 펜이 없다. 내가 손에 쥐고 있는 것은 와양의 사타구니에 달린 것. 토니가 지퍼를 내리는 소리가 들린다. 아, 거기에도 쥘 수 있는 것이 있다. 나는 타이프라이터를 어떻게 치는지 모른다. 저 경쾌하고 단조로운 소리. 내가 칠 수 있는 것은 키가 아니라 와양의 살갗. 손가락은 그 위를 움직이고, 그의 입은 나만 이해할 수 있는 아름다운 이야기를 빚어낸다. 하얀 시트 사이로. 또는 내 두 다리 사이로. 그리고 토니의 고막 속에도. 그는 앞으로도 우리를 묵인하리라. 떠다니는 감미로움을 알면서도. 내 쾌락의 증인. 태양에 그을린

피부를 지닌 해변의 소년. 아아, 나의 그 손가락은 뜨겁고 아프다.

그래, 난 잘 있어.

그래, 난 잘 있어. 그러니 걱정 마.

나는 전화기 저 편에 있는 남자에게 그렇게 말한다. 그는 잠시 침묵한다. 우리 사이로 교환수의 목소리가 파고 들어와 그의 침묵을 깨뜨린다.

어쩌다 우리가 이렇게 된 거지.

그가 말한다.

지금 와서 새삼스럽게 무슨 말을.

나는 웃는다.

당신이 언제든 나를 쫓아와줄 것이라고 생각했어.

왜 그렇게 생각하는데?

당신은 울며 매달릴 정도로 나를 사랑했잖아.

물론 그랬지, 그랬어. 하지만 지금 난, 스쳐지 나간

남자의 냄새까지 사랑할 수 있어.

그것은 사실이다. 나는 자신의 살에 겹쳐진 남자의 살을 남김없이 사랑할 수 있다.

슬프군.

그가 말한다.

나는 조금도 슬프지 않아.

6분이 지났습니다.

인도네시아어의 억양이 섞인 영어가 또 우리를 채근한다.

그러고 보니, 국제전화를 신청했을 때 6분만이라고 말했었다. 전화가 제대로 보급되지 않은 이 섬에서는 3분 간격으로 시간을 사야 한다.

난 당신을 지금도 사랑한다고.

그는 그렇게 말했지만, 그런 말에도 나는 더 이상 흔들리지 않는다.

나 역시 조금은 당신을 사랑하고 있을 거야. 용서할 수 있으니까. 내게 잘못된 사랑법을 가르쳐준 당신을.

그리고 그것에 매달려 발광한 나 자신을. 나는 늘 남자에게 안겨 있어. 그들은 나를 안아주고. 나는 늘 남자를 원해. 배가 고프다고. 배가 고프면 무엇이든 맛있고, 맛있는 것은 내게 최상의 호사스러움을 만끽하게 해주지.

남자는 말이 없다. 마치 수화기를 통해 내 입냄새가 흘러나오기라도 하는 것처럼 불쾌하게 침묵하고 있다. 그렇다, 내 입은 냄새를 풍길 것이다. 칠리소스와 내장과 바다거북과 정향유와 정액과 망고스틴과 소금물과 설탕물 냄새가 뒤섞인. 나는 그것들을 사랑한다. 사누르 해안의 아침 노을. 구눈 아군의 계단식 논. 룬단에 피는 커피꽃. 우부두의 반딧불. 렌보간에서의 섹스. 그 모두가 내 마음을 위로해준 멋진 것.

당신은 내게 침을 뱉었지.

그래, 하지만 지금 나는 그 침을 다시 핥을 수도 있어.

나의 타액은 사랑을 안 후로 아주 청결해졌다.

당신은 나를…….

전화가 끊겼다. 6분이 지났다. 나는 수화기를 내려놓는다. 나는 아주 침착하다. 왜 내가 전화를 했지. 나는 증명하고 싶었다. 그런데 뭘.

이 섬이 혐오감을 빨아내어 그저 물처럼 된 나. 탁하고, 따스한 물. 그런 물도 처음 샘에서 솟을 때는 조그만 순수를 지니고 있다. 그리고 더러워진 후에도 그것을 돌이킬 수 있는 기회가 있다. 예를 들면 뜨거운 불에 끓어 증류되는 것. 아름다운 피부에 여과되어 투명해지는 것. 처음부터 깨끗한 물에 섞여 더러움을 감추는 것.

나는 과거에 그 남자의 뺨에 침을 뱉은 일이 있다. 나는 그를 사랑할 수 없게 된 것은 아니다. 나는 그저 자신 속에 쌓인 것이 싫어서 견딜 수 없었던 것이다. 그리고 그렇다는 것을 그에게 알리고 싶었다. 나는 그가 나를 사랑하고 있다는 것도 알고 있었다. 그래서 더욱이 전하고 싶었다. 당신의 사랑은 옳지 않은 것 같다고. 또는 나를 그런 식으로 만든 당신에게 조금은 죄가 있다고.

그런 식? 예를 들면, 그가 내 곁에서 잠들지 않으면 공포를 느끼는 것. 나는 그가 그의 아내나 다른 여자와 함께 시간을 지낼까봐 우려한 것은 아니었다. 내가 지닌 그 동굴. 그가 내 것이 아닌 다른 여자의 동굴과 관계하는 것을 두려워했다. 나는 눈물을 흘리면서 상상한 적이 있다. 그와 다른 여자의 정사. 구체적이고 세세하고 또렷한 영상으로 내 머릿속에 번진 것은 두 성기의 결합이었다. 얼굴은 떠올릴 수 없었다. 나는 그의 성기가 잠시라도 다른 여자의 동굴에 묻힐까봐 울었다. 나는 그에게 집착했다. 그리고 그의 사타구니에 있는 것, 그러니까 내 동굴을 질식시키는 애틋한 물건에. 나는 그를 만나기 전에는 몰랐다. 성애가 자신을 울릴 수 있다는 것을. 남자의 성기가 내 마음에 자력을 지닌다는 것을. 나는 성기 얘기만 하고 있다. 그에 대해 얘기할 때, 그것은 중요한 의미를 갖는다. 나는 그 전에도 많은 남자들과 성으로 관계했다. 물론 많은 남자들과 마음으로 관계한 적도 있었다. 하지만 성애가 마음을 움직인다는 것을 내게 처음 가르쳐준 사람은 그였다. 나는 질투를 알게 되었다. 그의 사타구니에 있는 물건은 나만을 지배했어야 했다. 적어도 그를 만난 후, 내 동굴은 그만을 지배하려 했다. 하지만 그는 나 같지 않았다. 나는 알 수 있었다. 내가 가장 사랑하는 것 위에 포개진 다른 여자의 기척을. 그때부터다. 내가 그의 다리에 매달리기 시작한 것은. 내게는 다른 여자에게는 절대 넘기고 싶지 않은 것이 있었다. 나는 그렇게 생각하게 된 자신을 증오했다. 그리고 내게 그런 감정을 심어준 남자를. 나는 새삼스럽게 자신이 어리다고 생각했다. 하지만 그 전에는 사탕처럼 성을 음미할 수 있었다. 나는 성애로 남자를 사로잡는 기술밖에 몰랐다. 나는 남자들을 좋아했다. 마음껏 나를 사랑해주고, 늘 편안하고 친절한 남자들을 좋아했다. 그런데 왜, 그는 그렇지 못했을까. 나는, 왜? 내 몸이 싫어? 라고 그에게 물은 적이 있다. 왜 다른 여자의 성기에 마음을 쏟느냐고 물은 적이 있다. 어린 나의 질문. 하지만 아무도 내게 가르쳐주지 않았다. 자신의 몸을 사용하지 않고 그의 마음을 사로잡는 방법을. 그때 나는 뭘 할 수 있었을까. 그의 다리에 매달려, 가지 말라고 애원하는 것 외에.

나는 그의 마음에 질투심을 품지는 않았다. 다만 그의 육체를 질투했다. 내가 남자를 사랑하는 방법. 그것은 몸을 주고 몸을 빼앗는 것이었다. 치졸한 나를, 그는 얼마나 경멸했을까. 사탕을 빼앗기고 토라져 있는 어린애. 그는 나를 그렇게 여기고 있었을 것이다.

육체가 마음을 지배했다. 그것을 알아차린 여자가 얼마나 자신을 애처롭게 여기는지, 남자들은 과연 알고 있을까. 어째서일까. 나는 혼자서 그런 생각을 했다. 자신의 몸에 쾌락을 주었을 뿐인 막대기가 왜 이렇게 나를 처량하게 하는 것일까. 외로움을 메워줄 뿐인 해면이 왜 이렇게 중요한 의미를 지니는 것일까. 나는 그런 자신을 비웃었다. 그리고 냉정해졌다. 그런 후, 차분해진 마음 뒤편에서 슬픔이 다시금 얼굴을 내밀었다. 나는 남자의 사타구니에 남자의 마음이 녹아 있다고 착각이라도 한 것일까.

그것은 태어나서 처음 느끼는 감정이었기에 나는 몹시 당황했다. 나는 홀로 시트를 휘감고서 주먹을 꼭 쥐고 식은땀을 흘렸다. 만약 편리한 쾌락의 황홀함을 알기 전에 이 감정을 경험했다면, 나는 투덜거리면서도 그를 향한 고통스런 애정을 감수했을 것이다. 그런데, 그렇지 않았다.

물론 행복했던 때도 있었다. 그와 마주앉아 식사를 할 때, 나는 행복에 잠겨 그를 바라보았다. 채소를 씹으면서 나는, 정말 부드러운 감정으로 그를 사랑했다. 우아하게 칼질을 하면서 그와 잘 수 있다는 기대감에 가슴을 두근거린 적도 있었다. 그것은 몇 시간 후면 그가 나를 위해서만 시간을 쓰게 되리란 것을 알고 있었기 때문이었다. 나는 시트 안에서 그가 얼마나 뜨거운 공기를 만들어내는지 알고 있었다. 그리고 그것을 고스란히 숨쉬며 희열에 신음하는 나를 예감했다. 나는 그를 정말 사랑했다.

내 경우, 질투는 육체에서 비롯되었다. 육체를 구속하고 싶은 욕구에서 시작되었다. 지금 이 섬에서 나는 그렇게는 생각하지 않는다. 나는 순간이란 말을 사랑한다. 그것은 공기이며 그것을 만들어내는 남자의 살이며, 나에 대한 애정으로 가득한 남자의 눈동자이며, 그것을 받아들였을 때의 비, 또는 햇살이다. 나의 애정은 지금, 끈적임을 버린 보슬보슬한 금가루. 늘 집어먹을 수 있고, 그리고 맛있다. 나는 기쁨에 눈물을 흘릴 수 있을 정도로, 그 순간 진지해진다. 길었다고 생각한다. 나는 지금, 나 자신을 볼 수 있다. 나는 이 섬에서, 체액을 얼마나 사용하여 그것을 깨달았을까. 나는 길거리에서 낚은, 또는 내게 낚인 척하면서 실은 나를 낚은 남자들에게 감사한다.

나의 망막에서, 그 남자의 색채가 사라져가는 것을

충분히 느낄 수 있다. 이 섬이 내게 조금씩 남기고 가는 다양한 색깔로 뒤바뀌는 것을 알 수 있다. 나는 그 남자를 지금도 좋아한다. 그래서 전하고 싶었다. 내가 습득한 사랑의 방식으로 지금 그를 사랑한다면. 감동과 깊은 후회에 이마를 누르면서 고개 숙인다. 그의 피부, 그의 눈동자, 그의 말, 그리고 그의 페니스. 그것들이 모두 동등하게 내 마음에 떠오른다. 그리고 나는 그것들이 내게 만들어주었던 한때를 유연한 마음으로 받아들일 수 있다. 사랑스러운 사람. 그의 달큼한 땀, 그가 입에 문 담배. 내게 와 닿는 숨결. 그것들은 모두 근사하지 않았던가.

나는 침을 뱉었다. 그렇게 내 안에 둥지를 튼 비천한 기분을 쫓아낼 생각이었다. 그런데, 내가 그럴 수 있었던 것은 이 섬에 와서도 한참 시간이 흐른 후였다. 그리하여 지금은 이미, 그를 잃어가고 있다. 그는 내가 이미 이전처럼 그를 사랑하지 않는다는 것을 알고 있다. 내 몸에 밴 발리 섬의 열. 그는 먼 나라에서도 그

열기를 느꼈으리라. 나는 아마도 그를 다시 만날 것이다. 그리고 당신의 웃는 얼굴이 정말 마음에 들어, 라고 가볍게 농담도 할 것이다. 그리고, 우리 침대에서 사랑이나 나눌까, 하고 솔직하게 말하기도 할 것이다. 그리하여 자고, 맛보고, 사랑하고, 침대에서 나올 것이다. 그때, 모든 것은 과거가 된다. 비틀린 시트, 침대에서 떨어진 베개, 떠다니는 사랑의 냄새, 안타까워하는 그의 눈동자, 나는 모든 것에 안녕이라 말할 수 있으리라. 안녕, 당신이 좋아. 다시 사랑을 나누는 날까지, 나는 모든 것을 잊으리라. 나는 당신을 진지하게 사랑했어, 그러니까 충분히 만족해. 그는 그런 나를 보면서, 이제는 자신을 사랑하지 않는 것이라고 생각할지도 모른다. 하지만 나는 사랑하고 있다. 나는 그의 몸과 약간의 마음만 있으면 충분히 만족할 수 있다는 것을 안다. 나는 그런 것들과 다시 만날 때까지 휴식을 취하리라.

나는 지금, 내가 아닌 다른 누구도 사랑하지 않는다. 내게 쾌락을 선사하는 와양도, 그리고 내 뒤를 쫓아다

니는 귀여운 토니도. 나는 수화기를 내려놓고 침대에 앉아 자신의 무릎을 껴안는다. 나는 지금, 내 이 사랑스러운 무릎만을 사랑하고 있다. 그리고 닿을 때마다 내 손가락으로 기분 좋게 미끄러지는 금빛 발찌를.

추억은 죽었다. 나는 그 남자를 용서한다. 나는 불현듯, 울고 싶은 심정이다. 남자에게 안긴 것도 아니고, 남자가 떠나간 것도 아닌데. 그냥 내 눈에 눈물이 고인다. 아무것도 하지 않고, 누가 어떻게 한 것도 아닌데 눈물을 머금는다. 금빛 발찌가 예뻐서. 포치를 비치는 달빛이 파랗고 고요해서. 남자의 육체는 더 이상 나를 불행하게 하지 않는다.

토니는 늘

토니는 늘 내 뒤를 따라다닌다. 그리고 나를 쳐다본다. 그 해맑은 표정으로 내 얼굴을 들여다보면, 나는 조금 당황한다. 그리고 어쩔 줄 몰라 야자나무 그늘 아래에서 읽다 만 책으로 눈길을 돌린다. 그런 때, 그는 소년다운 장난, 해변으로 밀려온 밤송이 같은 식물을 내 등에 툭 떨어뜨리거나, 나도 모르는 새 내 발을 모래에 묻어버린다. 나는 그에게 소리친다. 그러면 그는 재미있다는 듯이 도망친다. 그는 내가, 어쩔 수 없다는 표정을 지으며 책을 덮어놓고 그를 잡으러 간다는 것을 알고 있다.

해질녘 모래사장에서 와양이 나를 안곤 한다. 토니가 있는데도.

무슨 상관이야. 그는 사랑을 나누는 우리를 늘 느끼고 싶어하는데.

와양은 그렇게 말하고는 모래 위에 부드럽게 내 몸을 쓰러뜨린다. 내 몸은 사르르 녹은 치즈처럼 사랑을 나누기 전의 냄새를 피우며 무너진다. 목덜미에 쏟아지는 키스의 비. 바다로 떨어지며 내 몸을 주황색으로 물들이는 석양. 모든 것이 안락해서, 나는 와양의 몸과 토니의 시선을 받아들인다.

멋있어, 기분 좋아. 신경 안 써, 토니는 나를 쳐다보는 걸 좋아하니까. 보여주지 뭐. 내가 사랑의 절정에서 얼마나 황홀한 표정을 짓는지.

석양이 좋아.

나는 말한다.

나는?

와양이 묻는다.

석양 속에 있는 당신이 좋아.

나는 대답한다.

토니는 그런 우리 옆에 앉아, 우리의 행위를 보고 있다. 그의 사타구니는 뜨겁게 짧은 바지를 밀어올리고 있을 테지만, 그의 눈동자는 고요하다.

미안해, 도와줄 수 없어서.

나는 그렇게 중얼거리지만, 와양의 애정에 빠져 허우적거리느라 토니에게 신경을 쓸 여유가 없다. 우리는 와양의 윗도리를 허리 밑에 깔고 사랑을 나눈다. 그래서 그의 윗도리에는 늘 얼룩이 묻어 있다. 일을 시작하기 전, 유니폼을 입기 전의 그를 만나면 나는 늘 얼굴을 붉힌다. 하지만 나는 그의 윗도리 위에서 흔들리는 나의 허리를 좋아한다.

바람은 금빛으로 바랜 토니의 머리칼 위로 살랑거린다. 나는 역광 때문에 어두운 와양의 표정을 읽기 위해 눈을 가늘게 뜨고 손을 뻗는다. 그러고는 뜨거운 공기 너머에 있는 토니를 보고 만다. 우리의 뜨거운 한숨은 와양과 토니 사이에 벽을 이룬 와양의 등 때문에 움직이지 못한다. 역시 토니의 머리칼을 흔들고 있는 것은 한숨이 아니라 바람이다.

토니의 눈동자에 무엇이 깃들어 있는지, 지금의 나는 읽어낼 수 없다. 그는 조금은 아픔을 참고 있는 것처럼 보인다. 나는 다리를 뻗어 그의 무릎을 만지작거린다. 그렇게 위로한다. 토니가 내 발가락을 친다. 마치 타이프라이터를 치듯. 그리고, 쥔다. 마치 자신의 것을 그렇게 하듯. 내 입이 벌려져 있어, 그는 내가 소리를 지르고 있다는 것을 알리라. 와양의 등을 껴안은 내 팔에 힘이 실리고, 그리고 상처 난 손가락이 거미의 발처럼 뒤틀리고, 긴 손톱이 해변에 널린 꽃조개처럼 그의 살 위로 흩어지는 것을 보고, 그는 내가 쾌락의 절정에 있다는 것을 알리라.

나는 소리를 지르면서 와양의 몸에 매달려 허리를 움직인다. 블라우스가 벌어지고, 모래가 내 살을 일군다. 토니가 나를 보고 있다. 그리고, 내 치켜든 목이 그의 고막을 적시기 시작한다.

토니는 왜 그렇게 나를 쳐다보는 것일까, 하고 생각한 적도 있다. 사람이 그럴 때, 나는 몇 가지 이유를 생각한다. 그는 늘, 평화롭고 서늘한 눈빛으로 나를 가만히 쳐다본다. 내게 관심이 있다. 하지만 나는 그가 알아야 할 아무것도 갖고 있지 않다. 언어가 없는 소년에게 나는 소설가라는 말 따위는 할 필요가 없다. 그저 그 나이 또래의 호기심 때문일까. 사람들이 보는 앞에서 남자와 당당하게 사랑을 나누는 여자에 대한 순수한 호기심. 그리고 대담하게 성애를 드러내 보이는 여자에 대한. 또는 그때, 젖어 형태가 바뀌면서 사타구니에 피어나는 미지의 것에 대한. 이유도 모르는데, 자신의 물건을 부풀게 하는 저 공기에 대한. 그러다 나는 생각을 포기한다. 그는 나 같은 여자를 안고 싶다고 생각하기에는 아직 어리다. 그리고 나 같은 여자를 사랑하기에는 아직 세상을 모른다. 그저 그는, 내가 좋은 것이다. 옆에 마냥 있고 싶을 뿐이다. 내게서 어떤 가치를 찾아내기에는, 내 행위가 너무도 부도덕하다. 그는 나를 지나치게 받아들이고 있다. 모든 것을 지나치게 허용하고 있다. 그는 그저 나를, 내 행위를 받아들이고 있을 뿐이다. 이 섬이 내게 그렇게 하듯. 나는 그렇게 생각하고 싶었다. 토니의 행동을 내 탓이라고 하기에는 나는 너무도 게으르다. 나는 그렇게 생각하고, 다른 생각은 하지 않기로 마음먹었다. 다들 보고 싶은 것은 있다. 그리고 다들 보이고 싶은 것도 있다.

그날 내가 여느 때처럼 해변에서, 와양이 웨이터로 일하는 시간에 주문한 포도주를 마시는데 토니가 내 앞에 와서 미소를 지었다. 나 역시 눈으로 안녕이라 말하고 고개를 갸우뚱 기울인 채 미소를 지었다. 하지만 그가 늘 짓는 밝은 표정으로 내 발치에 앉지는 않았기에, 나는 무슨 일일까 싶어 그를 올려다보았다.

그는 웃고 있었다. 하지만 그는 평소의 그답지 않게 조금은 부끄러워하는 투였다. 나는 포도주잔을 입으로 옮기면서 지금까지 몇 번이나 읽은 알베르 까뮈의 책을 덮고 그의 눈을 보았다. 나는 그 소설의 서두를 좋아했다. 그것은 '오늘 엄마가 죽었다'란 문장이다. 하지만 그 한 문장 이상으로 토니의 눈동자가 나를 자극했다. 그는 웃고 있었지만, 입술 끝에 조금은 진지한 빛을 머금고 나를 보고 있었다. 왜? 나는 그가 듣지 못한다는 것을 잊고 물었다. 그는 내 손을 잡았다. 그러고는 내 잔을 쓰러지지 않도록 모래를 살짝 파낸 곳에 내려놓았다. 그리고 덮은 책을 그 옆에 놓았다. 그는 나를 일으키고 손을 잡고서는 나를 어디론가 데려가려는 몸짓을 보였다. 늦은 오후. 나는 와양의 일이 끝나기를 기다리고 싶었다. 나는 토니의 손을 뿌리치고 싶었다. 하지만 그는 허락하지 않았다. 내 손을 잡은 채 걸어가려 한다. 나는 그의 손에 실린 뜻밖의 강한 힘과 그 힘으로 나를 재촉하는 고집스러움에 어이없어 하면서도 그를 따랐다. 아직 4시는 되지 않았을 것이다. 금방 다시 돌아오면 된다. 나는 토니의 손에 끌려 모래사장을 걷기 시작했다. 와양이 나를 기다려줄까, 하고 나는 뒤를 돌아본다. 그의 모습은 보이지 않는다. 내가 좋아하는 '오늘, 엄마가 죽었다' 는 날려온 모래에 덮여가고 있다. 그리고 그 위로 포도주잔이 쓰러져 내 사랑하는 것을 엉망으로 만들어놓았다.

토니는 세미냐크 해변을 걷는다. 나도 그의 손에 끌려 걷는다. 해는 기울어가고, 아이들은 바다에서 나와 집으로 돌아갈 준비를 하고 있다. 토니의 머리칼이 흩날리고 발은 파도에 젖는다. 이렇게 보니 그의 몸이 제법 멋지다. 파도타기를 하는 덕분인지 매끈한 근육이 등에서 겨드랑이로 이어지는 선을 덮고 있다. 온몸에 들러붙은 마른 모래는 은빛 비늘처럼 보인다. 그것은 반짝반짝 빛나면서 그의 다리를 타고 모래사장으로 돌아간다.

아이들이 우리 둘의 모습을 기묘하다는 듯 쳐다보고 있다. 그들은 내가 와양과 함께 있을 때처럼 나와 토니를 놀리지는 않는다. 그들은 아주 민감하다. 육체관계가 있는 남녀와 그렇지 않은 남녀를 재빨리 구별하는 놀라운 후각을 갖고 있다.

유진이 서프보드를 껴안은 채 자전거를 타고 온다. 우리를 보고는 멈춰 손을 흔든다. 여전히 초콜릿 같은 피부에 금빛으로 바랜 머리칼을 애처롭게 흩날리고 있다. 나와 토니는 그에게로 다가가 인사를 나눈다. 유진과 토니는 자신들만 아는 방식으로 손을 움직여 대화를 나눈다. 그러다 유진이 빙긋 웃으며 나를 본다.

"토니가 당신에게 낙조를 보여주고 싶다는데요."

"낙조는, 벌써 봤는데."

"이 녀석 나름으로 보여주고 싶은 것이 있는 것 아닐까요. 잘은 모르겠지만."

과연 어떤 것일까, 란 식으로 나는 어깨를 으쓱한다. 유진은 다시 자전거를 타고 달려간다. 그는 하루도 파도타기 연습을 빠뜨리지 않는다. 일 년에 몇 번밖에 찾아오지 않는 그의 연인을 위해.

해변에서 썰물처럼 사람들이 빠져나가기 시작한다. 모두들, 이른 아침을 준비하기 위해 집으로 돌아가 잠드는 것이다. 그들이 일어나는 아침이 내게는 침대로 들어가는 시간이다. 자연의 섭리를 따르는 그들의 아침은 놀라우리만큼 빨리 시작된다.

태양이 바닷속에서 헤엄치기 시작한다. 바다는 서글프게 붉어진다. 그리고 파도는 금빛 띠를 두르고 내 발치로 밀려온다. 이 섬의 석양은 언제 봐도 사랑하지 않을 수 없다. 태양이 하루 중에서 가장 붉다. 바다와 하늘의 경계를 알 수 없다. 내가 밟고 있는 것은 과연 무엇인지. 나는 그저 망연히 서 있을 뿐이다. 그리고, 나는 태양이 서서히 수평선에 입 맞추는 광경을 본다. 이 시간에 나와 와양은 그 광경을 보고 싶어 곧잘 해변으로 나갔다. 그러고는 자신들의 사랑에 매달려, 서로의 몸에 반사되는 석양을 느끼는 데만 전념하기 시작한다. 나와 와양은 요즘, 아름다운 자연을 못 보고 지나치는 일이 다반사다.

나는 오랜만에, 모든 것을 잊게 하는 이 하루의 끝의 의식을 보고 만족했다. 그리고 토니도 붉게 상기된 뺨을 하고 빨려 들어갈 듯 바다를 보고 있다. 태양이 바다를 삼켰다. 그리고 정적이 찾아온다. 해가 완전히 기울었다. 태양은 이제 없다. 하지만 바다는 아직 붉다. 그리고 어둠이 밀려온다. 나는 토니의 어깨에 손을 얹고 그를 재촉했다. 와양이 기다리고 있을 테니까.

토니가 돌아보았다. 그때의 눈빛. 나는 평생 잊지 못하리라. 그는 그때 무언가를 호소하고 있었다. 나에 대한 마음을. 처음이었다. 나는 당황스러웠다. 그리고 동요를 감추기 위해 그의 손을 잡고 그 자리를 떠나려 했다. 그가 내 손을 되잡아, 나는 비틀거렸다. 이 소년의 어디에 그런 힘이 숨어 있었는지, 나는 놀랐다. 그는 내 손을 꼭 쥔 채, 여기 그냥 있으라는 몸짓을 했다. 사람 없는 모래사장. 나는 어쩌면 좋을지 알 수 없었다.

잠시 나는 그와 그렇게 있다. 그는 내 손을 꼭 잡고 있었지만, 그 이상의 행동을 하지는 않는다. 지금 토니의 눈은 성장한 남자의 그것과 같은 빛이다. 내가 좋아 꼭 껴안는, 또는 불쑥 입술을 빼앗는 그들과 똑같은 빛. 물론 그가 내게 그런 행동을 보인 것은 아니다. 다만 나를 쳐다보았다. 그러나 그의 눈동자는 남자들의 팔처럼 나의 온몸을 껴안았고, 그들의 입맞춤 이상으로 내 안으로 파고들었다.

그가 말없이 가리켰다. 그쪽으로 눈길을 돌린 나는 숨이 멈출 것 같았다. 막 떨어진 태양을 빨아들인 젖은 모래가 우리 앞에 끝없이 펼쳐져 있었다. 그것은 바다를 물들인 석양보다 한결 붉었다. 하얀 모래는 밀려오는 조용한 파도의 베일을 쓰고 검게 화장한다. 그리고 그 위로 얇은 비단 같은 석양이 가로눕는다. 나는 뭐라 말을 하지 못한다. 나는 이 섬의 석양을 알고 있었지만, 석양이 두고 간 것은 알지 못했다. 파도가 모래를 핥아내리고, 구르는 금빛 물방울은 저녁 어둠에 섞여 남빛이 된다. 발치에서는 금박이 무상하게 흔들리고, 나는 울고 싶어진다.

토니는 내 손을 다시 잡아당기면서 왔던 길을 되돌아가려 한다. 나는 무연하게 그를 따른다. 나는 그가 내게 뭘 보여주고 싶어했는지를 깨닫고, 입술을 깨문다.

반짝반짝 빛나면서 밀려오는 파도에 발을 담그고 걸어간다. 이제 서로의 몸에 반사되는 빛은 없다. 어둠이 소리 없이 우리의 발치에 그림자를 떨군다.

언젠가, 석양 속에서 나를 안았던 와양. 그리고 그것을 보고 있었던 토니. 그때 그는, 아픔을 슬며시 참고 있는 듯 보였다. 그리고 나는 쾌락에 겨운 신음을 내질렀다. 토니는 와양이 나를 행복하게 한다는 것을 알고 있었다. 그때, 나를 쳐다보며 뭐라 말하고 싶어했던 그의 눈동자. 나는 지금, 분명하게 안다. 나는 지금까지 그가 나를 그저 좋아한다고만 착각하고 안심하고 있었다. 그런데, 그는 나를 사랑하고 있었던 것이다. 그것을 전하고 싶은데 그에게는 언어가 없다. 나를 껴안기에는 너무도 용기가 없다. 나를 사랑의 쾌락에 전율토록 하기에 그의 손가락은 너무도 기교를 모른다. 그는 찾기 위해 몸부림을 쳤으리라. 나를 사랑하는 그 자신만의 방법을.

나는 석양 속에서, 와양의 품에 안겨 황홀한 표정을

짓고 있었다. 토니는 최상의 쾌락 속에서 내가 짓는 표정을 얻고 싶었던 것이다. 자신의 손으로 내 얼굴에 그 표정을 새기고 싶었던 것이다. 해가 지면서 모래에 생명을 내주는 순간, 내 얼굴은 어쩌면 그 표정을 짓고 있지 않았을까. 토니의 손이 내게 보여준 태양의 흔적은 나를 쾌락의 황홀함에 눈물 짓게 하지 않았던가. 그는 적어도 해냈다. 와양처럼, 그러나 전혀 다른 방법으로 내게 사랑을 전한 것이다.

토니가 내 손을 쥔다. 그의 뜨거운 손은 웅변가다. 물론 그는 말이 없다. 하지만 나는 그가 처음부터 말을 지니지 못한 종족이라는 것을 믿을 수 없다. 때로 나를 보며 움직이는 그의 입술. 그는 말을 못하는 척할 뿐이다. 왜냐하면 그 입술의 움직임은 내게 벅찬 기대를 품게 하니까. 나는 그가 벌린 입술을 파르르 떨면서 당장이라도 음악을 연주할 듯한 기분이 든다. 내 귀에 황홀하게 울려퍼지는 '사랑한다' 는 선율을.

나와 토니는 매끈하고 검은 나무판 같은 모래 위를

걷는다. 어두워지지 않았는데 눈치 없는 달이 벌써 하늘 꼭대기로 올라와, 우리가 밟는 검은 거울에 자기 모습을 비춘다. 그리고 아무리 걷고 걸어도 따라잡지 못한 달이 우리 둘 앞에서 기다리고 있다.

인어수프

나는 절대

나는 절대 말하지 않았다. 내 마음을 어루만진 토니의 고백을. 나는 입 밖에 내지 않았다. 왜냐하면 토니도 그러기 위해 말을 사용하지는 않았으니까. 와양은 석양 속에서 내 몸을 뜨겁게 달궜고, 토니는 내 마음을 달궜다. 그리고 둘 다 나를 감동시켰다. 나는 그때, 와양도 토니도 진지하게 사랑했다. 하지만 그때 토니가 내게 보여준 것은 모래의 색은 잊기를 잘하는 내 마음의 버릇을 깨뜨리고 내 마음에 언제까지나 새겨져 있다. 그것은 모래의 색이며 모래의 색이 아니다. 토니의 입에서 흘러나온 언어다. 내 마음은 그 언어의 애무에 울었다. 그러고서 잠시 후 나는, 그 생각을 하면서 망연해지고 말았다.

토니는 어느 틈엔가 여자를 사랑하는 방법을 깨우친 것이다. 내가, 나와 와양이 그렇게 만들었다. 처음 만났을 때 나를 쫓아온 소년. 그는 무슨 냄새를 맡았을까. 내가 자신의 성장을 완성시켜줄 것이라고, 그때 이미 예감한 것일까.

해가 떨어지기 전과 후. 나를 사랑한 몸과 마음. 그는 내 감정을 보란 듯 절정으로 이끌었다. 그 전까지는 나를 용서하며 지켜보았을 뿐인 소년이. 단박에 내 안에서 토니의 모습이 나를 사랑할 자격을 지닌 남자로 변신한다. 나를 사랑할 자격, 그것은 내가 사랑한다는 것이다. 순간적으로, 시간을 멈추고 내가 사랑할 수 있다는 것이다.

나와 두 애인, 토니와 와양은 변함없는 나날을 보내고 있다. 나는 와양에게, 토니가 내게 증명한 것을 얘기하지 않았다. 만약 그랬다 하더라도, 와양은 토니가 내게 석양을 보여주었다고밖에 생각지 않을 것이다. 그가 나를 사랑할 때 떨어졌던 저 석양을. 그리고 내가 그전처럼, 그러니까 육체가 마음을 지배한다는 미신을 따르고 있었다면 토니의 말을 알아듣지 못했을 것이다. 마음도 좋다. 그리고 몸도 좋다. 그것을 선택할 수 있는 자유를 지닌 나는 행복하다. 타나로트에서 나는 동굴 속에 사는 백사 네 마리를 보았다. 문지기 처럼 버티고 앉은 노인이 바위와 바위 사이에서 백사를 끌어내 우리에게 보여준다. 그러면 우리는 곁에 놓인 나무통에 동전을 베푼다.

백사를 보고 비명을 지르는 나를 보고 웃는 토니, 그리고 나를 껴안는 와양. 내 뱀가죽 구두를 빼앗아 백사 옆에 갖다놓고는 돌아와 익살을 떠는 토니, 그리고 화가 난 내 등을 어루만져주는 와양.

어서 그녀의 구두를 도로 갖고 와.

와양이 토니의 등을 밀자, 토니는 순순히 따른다. 구두를 갖고 돌아온 그는 바위에 걸터앉은 채 나를 쳐다보고 있다. 와양은 구두를 받아들고, 무릎을 꿇고서 내 발에 신긴다. 그 뒤에는 뭐라 말하고 싶어하는 토니의 눈동자가 있다. 나는 그가 무슨 말을 하고 싶어하는지 잘 알고 있나.

아직은 안 돼.

나는 마음속으로 토니를 향해 중얼거린다. 나의 '아직'은 어쩌면 영원히 계속될지도 모른다. 그리고 토니의 애처로운 마음을 마냥 가지고 놀지도 모른다. 하지만 나는 그를 동정해서는 안 된다. 동정이라면 와양이나 나 역시, 동정을 받아야 할 존재다. 우리는 모두 무언가 하나를 체념하지 않으면 안 된다. 그리고 사랑은, 무언가를 체념했을 때 사람을 만족시키는 것이다.

"여기, 밤이 되면 바닷물이 차오르잖아. 뱀들은 어떻게 하는데? 물속에서 살 수 있어?"

"글쎄, 헤엄쳐서 사원 쪽으로 가지 않을까."

밀물 때면 타나로트는 높은 바위 위에 서 있는 절만 남기고 바닷물에 잠긴다. 나는 밤에, 백사가 떼를 지어 사원으로 헤엄쳐가는 광경을 상상했다. 필요에 쫓겨 사는 곳을 옮기는 것. 마음을 얻을 수 없으면 몸을 얻으면 된다. 그리고 몸을 얻을 수 없으면 마음을. 하지만 그것은 무척 어려운 일이다. 때로 토니는 그런 어려운 일을 멋들어지게 해내는데, 그런 때 그는 어떤 기분일까. 아마도 그는 슬프리라. 만약 그가 마음으로 몸을 움직이는 아주 드문 인간 가운데 한 명이라면. 나는, 그렇지 않다. 그리고 와양도. 그래서 우리는 서로에게 희열을 선사할 수 있는 것이다. 나는 마음을 지배하는 육체 때문에 그토록 오래 고뇌해왔지만, 마음이 육체를 지배한다는 점에 관해서는 무감각해질 수 있다. 왜냐하면 그것은 실체가 없는 일이고, 운 좋게도 나는 그런 일과 조우하지 못했기 때문이다. 나는 어느 누구의 소유가 될 수 없다. 그리고 모두의 것이기도 하다. 나는 이 점을 굳게 믿는다.

지금 생각하면 내가 그토록 혐오하고 벗어날 수 없었던 육체, 그것이 내 마음과 행동을 지배했다는 사실, 그것은 있을 수 있는 일이다. 그것은 아주 구체적이니까. 하지만 그 반대는, 살아가면서 한두 번 있을까 말까 할 듯하다. 시작은 늘 육체다. 섹스를 포함한 눈과 입과 코를 통한 육체의 만남이 모든 것의 시작이다. 그런 후, 마음이 이끈다.

토니는 내게 구두를 신기는 와양 뒤에서 내 발목을 쳐다보고 있다. 나는 내 발목을 휘감고 꼭 조이는 그 시선을 느낀다. 하지만 내 마음까지 조여지지는 않는다. 타나로트의 황혼은 아름답다. 하지만 그가 고백한 장소가 아니다. 나는 지금 이곳에서는 토니의 시선보다 와양의 손가락이 좋다. 왜냐하면 그가 나를 만지고 있으니까.

알지? 하는 식으로 나는 토니를 올려다본다. 그는 이렇게 여자를 사랑하는 방법을 터득해가리라. 그가 미소를 띤다. 그리고 자신의 집게손가락과 가운뎃손가락을 살며시 입술에 대었다가 나를 향해 뗀다.

어머, 그런 것까지 배웠어.

나는 기뻐서 그가 날린 조심스러운 키스를 입 안에 머금는다.

알아, 충분히 통하니까.

나는 그렇다는 것을 증명하기 위해 그가 날린 키스를 입 안에서 꼭꼭 씹어 삼키는 흉내를 낸다. 토니는 만족스럽다는 듯이 깡충거리며 와양의 목에 매달리고 몸을 기댄다. 와양은 그런 토니를 어쩔 수 없다는 듯이 다루고, 상대한다. 나는 웃으면서 장난치는 두 남자를 지켜보고, 가람을 피운다. 나는 담배를 쥔 손이 살아 꿈틀거리기 시작하는 것을 느낀다. 내 손가락은 남자를 사랑하는 솜씨가 빼어나다. 그리고 내 손가락은 아주 멋지게 담배를 피울 줄도 안다. 그리고 내 손가락은……. 내 손가락은 지금, 기대에 부푼 가슴에 애를 태우고 있다. 언제든, 귀여워할 수 있는 남자. 언제든 음미할 수 있는 먹을거리. 언제든 즐길 수 있는 담배. 놀이 삼아 하는 금욕은 얼마나 흥미로울까. 나는 행복하다. 행복해서 토할 수도 있다.

쳐다보고 있으니까, 저건 내 개야.

그렇게 말한 남자가 있었다. 나는 토니에게 그런 불손한 마음을 품고 있었던 것은 아니다. 하지만 나를 쳐다보는 토니의 모습에는 나로 하여금 그렇게 생각하게 하는 무언가가 있다. 나와 단둘이 있을 때, 그의 눈은 너무도 진지하게 나를 본다. 그는 별다른 이유 없이 내 몸을 만지지는 않았지만, 그의 눈은 넘치도록 충분히 내 마음을 애무하고 있었다. 때로 그것은 내 마음 깊은 곳을 휘저을 만큼 슬픈 빛을 띠고 있기도 하고, 때로는 내가 그의 마음을 받아들였다는 희열로 가득하기도 하다. 조금도 부끄러워하는 기색 없이 나를 보는 시선이 너무 강렬해서 내가 당황할 정도였다. 나는 그의 곁에서서 고개를 끄덕이는 것밖에 할 수 없다고 생각하자 더욱 난감하지 않을 수 없었다. 나는 자신을 쳐다보는 그를 용서할 수밖에 없다. 나는 그를 자신의 개처럼 다룰 수는 없었다.

하지만 그의 눈동자는 그렇게 해주기를 원하는 것처

럼 보였다. 나를 구속해달라고. 그는 분명하게 그렇게 말하고 있었다. 하지만 내가 어떻게 이 소년을 구속할 수 있을까. 우선 나는 그런 방법을 모른다. 와양은 괜찮다. 그와는 살을 맞대고 사랑을 나눌 수 있다. 그리고 그와 나 사이는 구속이란 말과는 무관하다. 우리는 사랑이 얼마나 멋지고 무책임한지 알 만큼 어른이니까. 하지만 나는 토니와 그런 관계를 맺을 수는 없다. 그는 배신을 모른다. 그러니까 배신을 용서할 줄도 모른다. 그런 토니에게 내가 해줄 수 있는 일은, 역시 그의 시선을 받아들여주는 것뿐이다. 그리고 그의 머리칼을 쓰다듬으며 구속하는 척하는 것뿐이다.

그는 나의 모습이 눈에 띄면 환희를 드러내며 내게로 달려온다. 마치 나의 개처럼. 그리고 나와 와양이 사랑을 나눌 때면 그는 조금은 슬픈 표정으로 지켜본다. 역시 충실한 개처럼. 나는 와양에게, 토니가 왜 저렇게 우리 뒤를 쫓아다니는지 알아? 하고 물은 적이 있다. 와양은, 당신이, 아니면 나와 당신이 좋아서겠지, 라고 대답했다.

왜 좋아하는데?

우리가 자연이니까. 파도나 모래, 더위처럼 자연이니까. 그는 자연을 좋아하거든. 알잖아. 결혼식을 치를 때까지 숫처녀인 척하는 발리 여자들보다 당신이 훨씬 자연으로 보이잖아. 그리고 열대 남자들과 억지로 사랑에 빠지려고 하는 호주 여자들보다 훨씬 더 말이야.

그렇다면 나는 토니를 쳐다보기만 하면 된다. 쳐다보고, 차오르는 밀물 같은 토니의 마음을 조용히 받아들이면 그만이다. 그는 변함없이 나를 따라 다니리라. 내가 그를 구속한 것이 아니다. 그 스스로 내게 구속당한 것이다. 그것은 그가 바란 것. 내 죄가 아니다.

그 후로,

그 후로, 그 남자에게서 두 번 전화가 걸려왔다. 나는 지금도 그의 목소리가 애틋하다. 그리고 그에게 그렇다고 말한다. 그는 돌아오라고 말한다. 하지만 내가 애틋해지는 것은 그 때문이 아니라 그의 목소리 때문이다.

내가 당신의 목소리를 사랑하는 것은 수화기를 귀에 대고 있는 순간뿐이야. 적어도 이 섬에 있는 동안은. 수화기를 내려놓고 나면, 나는 사랑할 게 너무 많아. 아직은 돌아가지 않을 거야.

그는 답답하다는 듯 말한다.

당신의 몸을 안고 싶어.

나는 웃는다.

왜? 내가 곁에 없는데, 어떻게 안고 싶다는 생각을 할 수 있지?

곁에 없으니까 당신이 그리운 거지.

멋지다. 나의 부재를 사랑한다는 말이네. 그럼 당신 앞에 모습을 보이지 말아야겠다. 그냥 나를 사랑해. 토니처럼 그냥 쳐다만 보고, 와양처럼 안고. 내가 사랑하는 남자들은 모두 그러니까.

보고 싶다.

그는 다시 한 번 말한다.

진짜 멋지다. 'missing' 이란 말. 누군가가 그리울 때, 상대가 자신을 방해하지 않으면 언제까지나 사랑스럽게 여길 수 있잖아. 하지만 인간은 반드시 방해를 하지. 부재와 실재를 뒤섞어 사람을 사랑하면 반드시 불행해져. 그래서 나는 내 곁에 실재하는 것만 사랑하지. 바로 내 눈앞에 말이야.

그가 수화기 저 편에서 씁쓸하게 웃는다.

어른이 됐다고 해야 하나.

저런, 나는 옛날부터 어른이었는데. 다만 몰랐을 뿐이지. 어떻게 해야 하는지, 방법을 몰랐을 뿐. 당신을 만나기 전에는 무의식적으로 그 방법이란 것을 실행했었어. 하지만 지금 나는 제대로 알고 해. 그럼 소중한 것을 잃지 않을 수 있지.

또 전화하지.

언제든, 기꺼이. 나는 당신의 목소리를 사랑해. 그리고 이건 오기가 아니야. 당신은 이 전화를 끊은 후에, 당신 침대 속에 있는 여자만 사랑해.

고맙군. 다른 여자와 얘기하는 기분이로군.

다른 여자야. 피부는 까맣게 탔고, 머리는 소금물 때문에 뻘겋고 푸석푸석하고. 하지만 누구보다 사랑에는 탐욕스럽지.

돌아오면 전화한다고 약속해.

약속? 싫어.

당신의 그 방법이란 것에 비유해 말하자면, 나와의 약속을 사랑해줘. 돌아오면, 얼굴을 보고 싶어.

나는 웃는다.

좋아, 약속할게. 돌아가면 전화할게.

나는 그날 밤, 술을 마시면서 종이를 꺼내 소설을 썼다. 그 첫 구절은 이렇다.

'열대에서, 사랑은 똥을 누지 않는 아름다운 하등동물이다.'

나는 웃었다. 그리고 그것을 둘둘 말아 쓰레기통에 던졌다.

가룽간 축제날이 멀지 않아 거리는 활기로 넘실거린다. 최고의 신이 다른 신과 조상의 영혼을 이끌고 지상으로 내려오는 날. 하늘에 바치기 위해 대나무와 야자수로 꾸민 제물이 거리에 세워진다. 그 때문인지 구로보칸 마을의 아이들도 즐거워 보인다. 이브는 매일, 그 며칠 동안을 위해 제물을 만들고 있다. 나도 솜씨는 없지만 거들기로 한다. 처음, 길 가던 사람들은 쭈그리고 앉아 마른 야자잎으로 바구니를 꼬는 나를 지켜보기만 하더니 점차 상냥하게 인사를 건넸다. 덕분에 나도 조금은 인도네시아 말을 할 수 있게 되었다. 세라마시안 아나아나. 안녕, 얘들아. 그런 나를 토니는 신이 나서 쳐다보고 있다. 그 눈동자가 녹아내릴 듯 행복해 보여 나도 마음 놓고 그의 어깨를 껴안기도 하고, 바나나 잎에 찐 빵을 입에 넣어주기도 한다. 그러자 그 광경을 보고 있던 아이들이 일제히 입을 벌리는 모습이 귀엽다.

발리 사람이 다 됐군.

나를 데리러 온 와양이 말한다. 하지만 나는 발리 사람이 될 수 없고, 그럴 마음도 없다는 것을 그나 나나 알고 있다. 나는 이곳에 동화되려 애쓰는 이방인일 뿐이다.

와양은 그런 나를 쾌락으로 인도하려 오토바이 뒤에 태운다. 나는 이브와 아이들에게 안녕이라 말하고 그의 말을 따른다. 토니는 서둘러 자전거에 올라타고 우리를 뒤쫓을 준비를 한다. 그는 아직 시작되지도 않은 우리의 정사를 기다리기 위해 우리를 뒤따른다. 아니면 자신을 기다리게 하는 우리의 정사에 들리지 않는 귀를 기울이기 위해.

토니는 나를 안는 꿈도 꿀까, 하고 나는 생각한다. 나는 그의 몸이 우리의 정사에 반응한다는 것을 알고 있다. 그것이 성애로 이어질 수 있다는 것을 그는 알고 있을까. 자신의 몸이 와양이 내게 하는 것처럼 할 수 있다는 것을 알고 있을까. 나는 그렇게는 생각하지 않는다. 자신의 사타구니에서 살아 꿈틀거리는 것이 내게 낙조를 보여주었을 때 같은 감미로운 표정을 선사할 수 있다는 생각은 꿈에도 하지 못할 것이다. 나를 황홀하게 하는 남자의 몸은 와양의 몸뿐이라고 생각하고 있을 것이다.

나는 토니에게 너의 몸도 그럴 수 있다고 가르쳐주는 것은 쉬운 일이라고 생각한다. 하지만 지금은 그러고 싶지 않다. 나는 그가 석양과 시선과 조심스런 몸짓으로 사랑을 속삭여주기를 원한다. 나는 토니에게 보이지

않도록 하는 것이 있다. 그것은, 내게 요구하기를 두렵게 만드는 것이다. 나와 한 일이. 나는 토니가 조금은 가엾다. 하지만 나는 이미 열대에서 무언가를 빼앗아 가려는 생각은 하지 않는다. 나는 내게 주어진 것에만 욕망을 느끼리라.

나와 와양이 사랑을 끝내고 밖으로 나오자, 건물을 등지고 앉아 있는 토니의 등이 보인다. 나는 그 등을 볼 때마다 와양과의 사랑이 끝났다는 것을 새삼 의식하고, 정체되었던 시간은 잘려 나간다. 우리의 기척을 느낀 토니가 일어나 돌아본다. 그 눈동자에 티끌 하나 없어 나는 움찔 놀라며 흐트러진 머리칼을 가다듬는다. 때로는 짧은 바지의 사타구니 부분이 얼룩져 있기도 하다. 그는 그것을 조금도 부끄러워하지 않고 방치하는 탓에, 나는 눈길을 어디로 돌려야 할지 모른다. 오히려 나와 와양의 대담한 사랑에 토니의 눈길이 허둥대야 할 텐데. 그는 우리의 사랑을 사랑으로 정당하게 받아들이고 있다.

와양이 웃으면서 로스멘의 방으로 돌아가, 수건을 들고 나와 토니에게 건넨다.

이 녀석도 슬슬 안아줘야겠는데.

와양이 그렇게 말하고 나를 본다. 나는 당황하여 침묵한다.

이 녀석, 당신을 좋아한다고.

알아, 그런 것쯤.

와양은 조금도 거북해하지 않는 표정으로 웃으면서 말을 잇는다.

서로 쳐다만 보는 것도 안는 것 이상으로 멋진 방법이지만, 배가 부르지 않잖아. 내가 하고 싶은 말은 그뿐이야.

그뿐이고, 그 정도의 일이다. 먹는 것. 그 일상적인 행위도 궁극적으로는 감미로운 식탁을 꾸며낸다. 다만 서로를 안는 것. 그것이 아름다운 시를 빚어내는 일도 있다. 사물을 쳐다보는 것으로 사랑을 얘기하는 사람이 있다고 해서 절대 이상할 것은 없다.

그러니까, 그의 식욕을 채워줘도 좋지 않겠어. 그리고 그건 그냥 친절이니까, 당신과 토니의 관계를 망가뜨리는 일은 없을 거야.

와양이 말한다.

그만 돌아가자고 나는 말한다. 나는 호텔 방으로, 와양은 가족이 기다리는 집으로, 토니는 유진과 함께 사는 조용한 은신처로. 이 순간, 우리의 사랑은 기로에 선다. 내일, 또는 모레, 다시 얼굴을 마주볼 때까지 길은 맞닿지 않는다. 토니는 아쉬운 표정으로 자전거를 끌고 간다. 그리고 행복에 지친 나는 오토바이 뒤에 앉아 와양의 등에 매달린다. 그의 등은 아직도 얼마든지 사랑을 나눌 수 있을 만큼 넓고 푸근하게 나를 받아들인다.

가룽간 축제날이 왔다

가룽간 축제날이 왔다. 호텔에 묵고 있는 부유한 손님들과는 아무 상관없는 축제이기 때문에 와양은 휴가를 낼 수 있었다. 그가 나를 자기 집에 데리고 가고 싶다는 말을 꺼냈다.

나, 억지로 결혼하라고 하면 어떻게 해.

농담처럼 말하자, 우리 집은 그렇지 않아, 라고 그가 대답한다. 오늘따라 사롱을 입은 그의 모습이 내 기분을 자극한다.

정말 섹시해 보인다고 귓속말을 하자, 피식 웃으면서 아무 대꾸도 하지 않는다. 그는 오늘 아주 점잖은 표정이다.

와양의 집으로 가는 길, 우리는 광장에서 성스런 동

물 바론의 춤을 본다. 징 소리에 맞춰 춤추는 일본의 사자춤 같은 분위기. 번쩍번쩍 화려하게 치장한 성수를 자세히 살펴보니 아무래도 돼지인 듯하다. 그런데 길쭉한 이가 튀어나와 있다. 그리고 몸통 밖으로 사롱을 두른 소년의 하반신이 엿보이는 것도 귀엽다. 옆에서는 코가 큰 남자 가면을 쓴 아이 한 명이 광적으로 춤추고 있다. 바론이 우리의 모습을 보고는 춤추며 다가오더니, 내게 겁을 주려고 덮치는 흉내를 낸다. 나는 웃으면서 도망치려 하지만, 그들은 그렇게 놔두지 않는다. 와양은 미소를 띤 채, 나와 바론의 장난을 지켜보고 있다. 돌담에 올라앉은 아이들은 내 비명을 들으며 즐거워한다. 와양이 하라는 대로 100루피아를 건네자 그들은 나를 풀어준다.

사원으로 걸어가는 여자들은 머리에 과일을 몇 단으로 쌓아올린 바구니를 이고 있다. 자주색 블라우스에 녹색 허리띠. 극채색으로 꾸민 여자들의 몸이 아름답다. 지나다니는 차 안에도 제물인 쌀이 앞유리창 앞에 놓여 있다.

정말 축제네.

와양이 미소를 지으면서 나를 본다. 힌두교도답게 차려 입은 오늘의 그는 나를 설레게 한다.

당신을 갖고 싶어.

나는 작은 소리로 속삭인다. 그는 손을 뒤로 돌려 살며시 내 손을 잡고는, 나중에 둘만의 축제를 즐기자고 한다. 나는 사롱을 치켜올리는 그의 탄력 있는 엉덩이를 슬며시 어루만지며 마음을 불태운다. 신을 맞이하는 인파 속에서 우리만 불순한 것처럼 여겨진다.

와양의 집은 많은 사람들이 담소하고 웃는 소리로 가득했다. 그들은 갑작스런 손님인 나를 반갑게 맞아주었고, 나는 말도 통하지 않는데 주저앉아 그들을 바라보았다. 어제 아버지가 잡아 직접 요리했다는 돼지 통구이를 대접받았다. 나는 조심조심 그것을 입에 넣었다. 와양의 늙은 아버지는 그런 내가 마음에 든 모양이다. 그는 열심히 내게 말을 거는데, 말을 모르는 나는 어쩔 줄을 모르고 와양에게 도움을 청한다.

"당신더러 영화에서 나온 여자 같다는데."

와양의 말에 나는 웃는다. 내가 과거 도시에서 보냈던 밤의 생활. 실크 드레스와 하이힐과 아름다운 챙이 달린 모자. 그들이 그런 모습을 봤다면 어떻게 생각할까. 갖가지 색상의 칵테일에서 내 취향의 술을 골라내는 것, 립스틱은 물론 남자의 눈길을 끌기 위해 그 위에 립글로스를 반짝반짝 빛나게 바르는 것. 그런 일에 부심하는 인종이 있다는 것조차 그들은 믿지 못할 것이다. 이곳에는 자연의 색과 축제를 위한 색밖에 존재하지 않는다. 그리고 그 색들은 도시의 기교가 도저히 흉내 낼 수 없는 것이다. 그것들은 넘쳐흘러 우리에게 선사된다. 우리는 눈을 크게 뜨지 않아도 그 색들을 눈 안에 넣을 수 있다. 색, 냄새, 소리, 그리고 쾌락. 우리는 그것들의 너그러움 속에서 어리광을 피우고, 그렇게 어리광을 피울 수 있다는 것은 기분 좋은 일이다. 이 섬은 나 같은 여행객에게도 옹색하게 굴지 않는다.

장엄한 가믈란이 내 귀를 감싸고, 나는 제단에서 남자들의 사랑을 받을 수 있다.

늙은 아버지는 나를 차분하고 따스한 눈길로 바라본다. 옆으로 앉아 조금은 무례하게 드러난 내 다리가 예쁘다고 와양에게 말한다. 그 또한 나를 용서하고 있다. 나는 그가 권하는 야자술을 입에 머금는다. 입 안이 불타오르고 나의 언어가 뜨거워진다.

내가 이 섬을 사랑한다고 그에게 전해줘.

나는 와양에게 부탁한다.

와양이 그렇게 전하자 아버지는 행복하다는 듯 고개를 끄덕인다. 여자들이 냄새를 맡고 집 앞을 어슬렁거리는 개를 멀리 내쫓는다. 나와 와양의 아버지는 토방을 돌아다니는 닭을 웃으면서 보고 있다.

안쪽에서 엄마와 얘기를 나누던 와양이 내게로 다가와 미안하다는 듯 말한다.

"지금, 덴파사르에 있는 여동생을 데리러 가야 하는데. 당신, 여기서 기다릴래? 그만 돌아가고 싶으면 데려다줄게.”

나는 돌아가기로 한다. 그의 가족과 함께 보내는 따뜻한 시간이 아주 마음에 들기는 하지만, 와양이 없으면 말이 통하지 않는다. 나는 아버지의 손을 잡고 한두 마디밖에 모르는 인도네시아말을 하고는 가족에게 안녕이라 인사하고 와양과 함께 밖으로 나왔다.

“당신네 가족이 좋아.”

오토바이 뒤에서 그렇게 말하자, 와양은 진심으로 기뻐하여 고맙다고 한다. 사람들은 길거리에서 한가롭게 담소하고 있다. 며칠 동안 학교도 쉬는 탓인지, 온데에서 아이들이 조잘거리며 뛰어다닌다. 나는 문득 토니가 생각났다. 그에게도 가족이 있을 텐데. 축제를 축하하며 즐기고 있을까.

“토니하고 유진도 가족이 있는 집으로 돌아갔을까?”

“글쎄, 그들 집은 방구리 쪽에 있으니까. 아마 그 방갈로에 그냥 있을 것 같은데. 유진은 축제 따위는 관심 없다는 듯이 파도타기만 하고 있고. 사누르에 있는 친구 집에 갔을 가능성은 있지만.”

나는 와양에게 토니와 유진의 방갈로 앞에서 내려달라고 부탁했다. 그들이 없어도 하루가 끝나려면 아직 멀었다. 호텔까지는 산책을 하면서 걸어가면 된다.

와양은 방갈로 앞, 다리가 있는 곳에다 오토바이를 세우고 나를 내려주었다.

오늘은, 정말 고마웠어.

그렇게 말하면서 키스를 하자, 그는 내 입술이 자기에게서 떠나지 않도록 잠시 내 목덜미를 누르고 있었다. 겨우 얼굴을 떼고 마주보자, 그는 못내 아쉽다는 듯 혀를 찬다.

“오늘도 사랑을 나누고 싶었는데.”

“신들의 축제 때 정도는 그들에게 주역을 맡겨야지.”

그렇게 말하고 나는 웃는다. 와양은 한쪽 눈을 찡긋 감고는 사롱 앞자락을 누르면서 익살을 부린다. 그런 몸짓이 마치 외국인처럼 보여, 이 축제의 날에 전혀 어울리지 않는다.

인어수프

토니.

토니. 공기가 흔들려, 그에게 내가 왔다는 것을 알린다. 내가 이름을 부르면 늘, 반갑게 달려오는 그가 오늘은 무릎을 껴안고는 내 얼굴을 힐끗 볼 뿐이다. 그의 얼굴은 분노의 빛을 띠고 있다. 나는 무슨 일일까 하고 그가 앉아 있는 방갈로의 포치로 간다. 그리고 화들짝 놀라 걸음을 멈춘다. 공기가 뜨겁다. 방에서 새어나오는 뜨거운 숨결과 그곳에 놓여 있는 커다란 가죽 테니스화가 눈에 들어온 것은 거의 동시였다. 그런 사연이 었나, 하고 납득하고서 이 시간에 이곳에 있을 리 없는 유진의 서프보드를 발견하고는 나는 고개를 끄덕인다.

나는 토니 옆에 앉았다. 그는 고개를 숙인 채 내 얼굴을 보려고도 하지 않는다. 나와 와양 때문에 이런 유의 공기에는 익숙할 토니가 왜 이렇게 분노하고 있는 것일까. 억누른 한숨 소리가 파도 소리에 섞인다. 나는 이런 사랑에 편견을 갖고 있지 않으니까, 얼굴을 붉히기는 해도 별다른 혐오감 없이 그 자리에 있을 수 있는데, 토니는 나와 와양은 인정할 수 있어도 유지와 호주인 애인과의 관계는 인정할 수 없는 것일까. 아니면, 자기만 빼고 모두가 몸의 온기를 나눌 수 있는 상대가 있다는 것을 질투하는 것일까. 가엾은 토니. 나는 고개 숙인 그를 껴안고 고개를 들게 한다. 놀랍게도 그는 눈물을 흘리고 있었다. 지금까지 그의 젖은 눈동자는 본 일이 없기에, 나는 당혹스러웠다. 나는 순간적으로 손을 뻗어 그의 볼을 닦았다. 그는 내 어깨에 얼굴을 묻고 꼼짝을 않는다. 나는 혼란스러웠다. 그가 슬퍼하고 있다. 하지만, 왜. 그는 쾌락을 충분히 이해하고 있을 줄 알았는데.

아무튼 나는 그를 고독에 빠뜨린 사랑의 둥지를 떠나려고 그를 일으켜 세웠다. 그리고 그의 손을 잡고 해변으로 내려갔다. 의식을 끝낸 사람들과 아이들이 바다로 들어가 놀고 있다. 악령이 산다는 바다도 낮에는 인간에게 친절하다. 우리는 해변에 앉았다.

토니는 이미 울고 있지 않았다. 그는 모래를 만지작거리면서 여전히 고개를 숙이고 있다. 나 역시 어쩌면 좋을지 몰라 가만히 있을 뿐이다. 나는 무엇이 그를 울렸는지 생각하고 싶었지만, 생각할 수 없었다. 그리고 이유를 묻고 싶어도, 그에게는 내 말이 들리지 않는다.

왜 울었어?

나는 들리지 않는다는 것을 알면서도 물어본다.

슬픈 일이 있었니?

그는 나의 눈을 보려 하지 않는다. 나는 난감해서 입을 다문다. 그는 자신의 발 사이에 모래산을 만들고 있을 뿐이다.

부탁이야. 평소처럼 그 눈동자로 말해봐.

나는 그의 팔을 흔든다. 그때였다. 토니의 팔을 잡은 내 손을 그가 꽉 쥔 것은. 그는 내 손을 꽉 잡고서 나를 보았다. 그는 눈썹을 찡그리고 입술을 깨문 채 나를 쳐다보고 있다. 나는 그의 고통스러워하는 표정에 거의 공포를 느끼고 손을 잡아 빼려 했다. 하지만 동시에 그가 내 손을 자기 쪽으로 잡아당겼고, 그 바람에 내 몸이 모래 위로 쓰러졌다. 그는 내 손을 모래 위에 꽉 누른 채 내 몸 위에서 나를 보았다. 나는 꼼짝도 할 수 없었다. 천진무구한 이 소년에게 이런 힘이 있다는 것을 나는 미처 몰랐다. 게다가 그의 어깨가 내 몸을 덮을 수 있을 정도로 넓다는 것도.

내 발 밑에서 모래산이 무너진다. 나는 이대로 토니에게 안기게 되는 것일까, 하고 멍하니 생각했다.

괜찮아.

나는 그렇게 말하고 가만히 토니를 올려다본다. 그것은 와양이 말했던 것처럼, 그뿐인 일이다. 토니의 손에서 힘이 빠져나가고, 나는 자신의 손을 풀어내 그의 목에 감는다. 그는 나와 와양에게서 많은 것을 배웠을 것이다. 나는 눈을 감는다. 아마 그의 입술이 나의 입술

로 내려오리라. 하지만 내려온 것은 입술이 아니었다. 내 눈두덩으로 비가 내렸다. 나는 놀라 눈을 뜬다. 내 뜬 눈으로 토니의 눈물이 떨어진다. 그의 눈물이 몇 방울이나 내 눈동자를 때려 시야가 흐려진다. 하늘은 이렇게 맑게 개어 있는데.

비는 내 볼을 타고 흘러내려 마침내 모래에 빨려들고 만다. 나는 이제야 토니의 눈빛을 볼 수 있다. 그는 사랑한다고 말하고 있다. 나는 알 수 있다. 걷고 웃고, 남자와 사랑을 나누고 그 안락함에 눈을 감는 그런 나의 모든 것을 사랑한다고 말하고 있다. 그는 지금 내 몸을 안고 싶은 마음을 억누르고 있는 것이 절대 아니다. 그는 그럴 필요가 없는 것이다. 그는 나를 보고 싶은 것이다. 행복에 젖어 눈을 절반쯤 감고 있는 내 모습을 보고 싶은 것이다. 자신이 안을 필요는 없다고 생각하고 있다. 무아지경에 빠져 안온해하는 내 표정을 잃는 일은 없다고 생각하고 있다. 그렇다는 것을 내가 알아주기를 바라고 있다.

부탁이야, 내 마음을 알아줘.

나는 지금 그의 목소리를 들을 수 있다. 왜 나는 그가 배신을 모를 것이라고 생각했을까. 그의 입술은 태어났을 때부터 그를 배신하고 있지 않은가. 토니, 나의 가엾은 인어공주. 내게 마음을 전하려 할 때마다 얼마나 마음 아파했을까.

당신을 안고 싶은 게 아니야. 행복해하는 당신을 보고 싶을 뿐이야. 그것이 나의 행복. 나를 구속해줘. 당신의 마음으로 나를 묶어줘.

우리는 오래도록 모래 위에 앉아 있다. 바람을 타고 조그만 모래알들이 날려온다. 그런데도 우리는 모래 위에 눕는다. 토니는 내 볼에 묻은 모래를 정성스럽게 털어내, 내 얼굴을 볼 수 있게 한다. 시간이 얼마나 흘렀는지 모르겠다. 우리는 서로를 그렇게 쳐다본 채 풍화된다.

나는 토니에게 사랑한다고 속삭인다. 그에게는 들리지 않는다는 것을 알면서도, 너는 내 것이라고 애절하

게 말한다. 파도 소리가 내 목소리를 지운다. 하지만 토니의 눈동자는 나를 보고 고개를 끄덕이고 있다.

이제 괜찮아, 하고 나는 눈을 감는다. 토니가 내게 입맞춤한다. 나는 다시 눈을 뜬다. 토니는 다시 내게 입을 맞춘다. 우리는 눈을 뜬 채로 모래에 뒤섞여 몇 번이나 키스를 나눈다. 그것은 육체가 불러일으키는 쾌락을 향한 서곡이 아니다. 우리의 키스는 금방 바람에 날려간다. 그래서 몇 번이든 입술을 맞춘다. 그의 눈동자가 내게 사랑을 느끼게 하니까. 내 마음이 젖어 온다.

토니.

나는 그의 이름을 부르면서, 어쩌면 좋을지를 모른다. 나는 끝내 눈물을 흘린다. 그러자, 더 이상 참지 못하고 내 마음도 눈물에 젖는다.

그는 내 눈물에도 입을 맞춘다. 그러고 보니 그는 우는 내 모습을 본 일이 없다는 생각이 든다. 그는 알까. 이것이 불행 탓에 흐르는 눈물이 아니라는 것을. 사랑한다고 생각할 때, 물이 떨어지는 곳이 두 다리 사이만은 아니라는 것을 그는 알아줄까.

바람에 마른 입맞춤이 또 촉촉해진다. 나는 미소를 머금는다. 오늘은 축제의 날이다. 저기에 어제까지 펜조르를 만들던 소년이 있다. 오늘은 쉬면서 파도와 장난을 친다.

파도 소리가 안 들리는구나. 가엾은 나의 토니. 하지만 너는 내 마음을 들을 수 있어. 내 기뻐 흘리는 눈물이 네 입 안에서 노닐고, 너는 내가 너를 구속하고 싶어한다는 것을 알잖아.

다리가 모래에 묻힌다. 너는 그것을 파내고, 내 금빛 발찌를 보리라. 그리고 그것이, 마침내 찾아올 석양에 빛나는 것을 보며 나의 도취를 알리라.

그 모래의 색을 또 보여줘.

나는 그때처럼 기분이 좋아지리라. 그리고 이번에는 내가 먼저 너의 손을 잡으리라. 만약 내 반지가 너에게 상처를 입힌다면, 이번에는 내가 너의 피를 빨아주리

비행기를 타면

비행기를 타면 나는 늘 백포도주를 과음한다. 밤의 비행은 안락하게 나를 취하게 하지만, 나를 울리게도 한다.

무슨 일이세요?

자카르타에서 이 비행기를 탄 친절한 남자가 내게 마음을 써준다.

사람이 죽었어요.

그것 참 안됐군요.

그는 말을 더 잇지 못하고 신문으로 눈길을 떨군다.

그래요, 사람이 죽었죠.

나는 마음속으로 중얼거린다. 하지만, 그것은 과연 진짜 인간이었을까. 나는 내 마음속에서 과연 무엇이

라. 그리고 피는 성스러운 물처럼 내 입 안에 퍼지고, 그렇게 우리의 축제는 끝난다. 기념해야 할 하루를 조용히 끝낼 수 있으리라. 그 조그만 대륙의 남자가 유진과 사랑을 나눴던 것처럼, 빗속에서 와양이 나와 사랑을 나눴던 것처럼, 우리가 모래 위에서 사랑을 나눴던 그 하루를 끝낼 수 있으리라.

그의 머리칼은 소금물에 씻겨 색이 바랬다. 그는 파도타기를 좋아하고 소리를 들을 수 없는 소년. 형과 둘이서 호주 사람의 소유인 호화 방갈로, 전기가 없는 곳에서 살고 있다. 나이는 열다섯. 키는 나보다 조금 크다. 넓은 어깨와 표현력이 풍부한 눈동자를 지니고 있다. 그는 여자는 알아도 여자의 몸은 모른다. 이름은 토니. 내가 알고 있는 것은 그뿐이다. 나를 처음으로 구속한 남자.

죽었는지, 갑자기 알 수 없어진다.

인도네시아의 작은 섬에서, 내가 죽여버린 몇 가지 일. 그리고 숨을 되살린 몇 가지 일. 사실 나는 그저 파도와 장난치며 놀았을 뿐인지도 모른다. 아니면 정말 죽은 것은 내 자신인지도.

가룽간 축제가 끝나고 며칠이 지나, 신들을 배웅하는 구닝간이 오기 전이었다. 그 아름다운 청년 유진이 내 호텔을 찾아와 토니의 죽음을 알려주었다.

죽는다는 것은 결코 슬픈 일은 아니지만.

그는 그렇게 첫 말을 꺼내고는 내 앞에서 소리 내어 울었다. 나는 아연했다. 그리고 눈앞에 있는 가엾은 청년에게 위로의 말을 건넸다.

위로의 말!?

나는 어떻게 그런 말을 할 수 있었을까. 눈앞에 있는 청년이 그토록 슬퍼하는데.

한참 파도타기를 하다가 토니가 큰 파도에 휩쓸렸다고 한다. 토니는, 그 파도는 타지 말라는 유진의 말을 들을 수 없었다. 구하려 있는 힘을 다해 헤엄치는 유진에게서 서서히 멀어져가면서도, 토니는 파도 위로 얼굴을 내밀고 그를 쳐다보았다고 한다.

파도 소리가 들리지 않으니까 두려움을 모르고 늘 무모한 모험을 했죠. 언젠가는, 하고 늘 걱정을 했는데.

유진은 그렇게 말하고는 구릿빛 몸을 꺾고 오열했다. 내 눈앞에서 내가 사랑한 토니와 똑같은 적갈색 머리칼이 흔들렸다.

와양이 여느 때처럼 룸서비스를 가장하고 내 방을 찾아왔다. 그는 고통스러운 표정으로 아무 말도 하지 않고 나를 껴안고는, 내 머리를 자신의 어깨 위에 올려놓았다. 그때야 울 수 있었다. 하지만 나는 내가 왜 우는지 알 수 없었다. 이런 경우에는 울어야 한다. 간신히 그런 생각이 떠올라, 와양의 품에서 흐느꼈다. 그는 조용히 내 등을 다독거린다.

알고 있었어.

그가 말했다.

당신 안에 토니도 이 섬의 일부로 새겨져 있다는 것을.

토니도!?

나는 고개를 들고 와양을 본다.

그래. 물론 나도. 모래도, 파도도, 석양도. 열기. 욕망. 쾌락. 그리고 애정. 모든 것이 당신 안에서 당신만의 섬을 만들고 있었지.

그는 나를 사랑하고 있었어.

물론 그것도 알고 있어.

나도 그를 사랑했어. 그는 내 것이 되었다고.

행복하군, 그 녀석.

그 아이, 나를 안지는 않았어.

안는 이상의 일을 해냈잖아.

그는 죽는 순간, 죽는다는 기분이 들었을까. 행복한 채로 주검이 되었을까.

그가 바다에 녹아, 맛있는 수프가 될 수 있을까?

나는 훌쩍거리며 와양에게 묻는다. 그는 내가 혼란

에 빠져 있는 것이라 여기고는, 아무 말도 하지 말라며 꼭 껴안는다. 그의 몸은 늘 아주 편안하다. 나는 눈을 감는다. 눈을 감고 토니를 생각한다. 내 눈 속으로 바다가 펼쳐진다. 파도가 일으키는 거품이 떠오른다. 그리고 그것은 꺼져 공기가 된다.

있지 와양, 그는 인어였어.

와양은 아무 대답도 하지 않고 내 등만 계속 쓰다듬는다. 나는 울고 있는데 슬픔을 느끼지는 않는다. 토니도 묻혀 흙에 보조개를 만들까 하고 멍하게 생각하고 있다.

비행기에서 내렸을 때, 나는 약간 취해서 다리가 휘청거렸다. 짐이 나오기를 기다리다가, 갑자기 그 약속이 생각났다. 나는 전화부스에 가서 동전을 찾아 전화를 건다. 수화기에서, 그리운 목소리가 흘러나온다.

음, 지금 돌아왔어. 아니, 당신은 안 만날 거야. 만나면 당신은 나를 안으려 하겠지. 하지만 나는 지금 그럴 수 없어. 지금 내 몸을 움직이는 것은 내 몸이 아니야. 후후후. 취하지 않았어. 약속을 지키려 했을 뿐이야. 나, 잘 지켰지. 그냥 이 말을 하고 싶었어. 고마워, 그리고 안녕.

나는 한숨을 쉬고 수화기를 내려놓는다. 그리고 부르르, 몸을 떤다. 이 나라는 역시 춥다. 그때야 나는 그 섬에 있을 때처럼 윗도리의 소매를 걷어올린 채라는 것을 안다. 나는 춥다 추워, 라고 중얼거리면서 접어 걷어올린 소매를 끌어내리려고 한다. 그때, 나도 모르게 소매에 머물고 있던 모래가 발치로 사르륵 떨어진다. 나는 흘러내리는 모래를 쳐다보면서, 그 자리에 선 채 움직이지 못한다. 모래는 어느 틈에 내 귀로 흘러들어와 이제 나는 아무 소리도 듣지 못한다.

해설

'시작은 늘 육체다. (중략) 그런 후, 마음이 이끈다.'

이런 발상을 음란하다고 단정 짓는 사람들이 요즘 세상에도 꽤 많지 않을까 싶다.

우선은 섹스를 하고 그 다음 마음이 따라오는지 아닌지 자신을 관찰한다는 뜻이니까 불순하지. 이렇게 학부모회 엄마들이 눈에 불을 켤 것 같다.

그런 발상이 음란하다면 그런 말을 쓴 야마다 에이미 역시 음란한 작가라는 딱지가 붙는다.

과연 그럴까. 그녀의 발상은 음란할까. 소설에서 작가의 진실과 거짓이란 문제는 차치하고, 야마다 에이미는 음란한 여자일까.

아마도 그녀 자신은 "음란? 그 말 꽤 괜찮네요. 명예로운 칭찬 아닌가"라며 웃어넘길 테지만, 나는 롯본기 부근에서 눈을 번뜩이며 남자를 헌팅하는 젊은 여자들, 지성은 뒷전이고 몸만 열심히 가꾸는 멍청한 대학생들이 훨씬 음란하다고 생각한다.

연애와 결혼은 별개라고 단언하는 것은 물론, 당당하게 실행하면서 마음껏 놀다가, 결혼 상대는 게이오대학이나 도쿄대학 출신에 키는 178센티미터 이상, 부모는 모시지 않고 연봉은 1,500만 엔 이상에 아파트를 소유하고 있는 남자여야 한다고?

야 그거, 조건만 맞으면 상대의 성격이야 치졸하든 비굴하든, 품행이 방종하든 성실하든 상관없다는 얘기 아니야.

이렇게 상스런 말투로 얘기해주고 싶어지는데, 세상에는 그런 어리석은 남자들이 수두룩한 모양이다. 세상 쓴맛 단맛 다 본 여자에게 걸려들어, 그 인생 종치고 막 내린다.

조건만 갖추면 사랑은 부수적인 것. 이런 사고로 결혼하는 것 자체가 음란한데, 하물며 그 조건과 밤마다 섹스를 하고, 이제 슬슬 따분해졌으니까 아이나 낳을까 하고 낳은

아이는 말 그대로 음란의 씨앗이다. 저질적인 창부만도 못한 심보다. 그런 창부조차 요즘 세상의 여대생보다는 훨씬 더 도덕적이고 깨끗하다. 육체는 팔아도 마음은 팔지 않는다. 더욱이 사랑하지 않는 남자의 아이는 낳지 않는다.

야마다 에이미는 말한다. "나는 어느 누구의 소유가 될 수 없다. 그리고 모두의 것이기도 하다"라고. 그녀는 굳게 확신하고 있다.

'나는 어느 누구의 소유가 될 수 없다. 그리고 모두의 것이기도 하다.' 이 말은 그녀의 테마를 실로 단적으로 표현하고 있다.

그것인 바로 이 소설의 테마이며, 다른 그녀의 작품에서도 강렬하게 부각되는 주제라고 나는 생각한다.

'시작은 늘 육체다. 그런 후, 마음이 이끈다'는 말을 다시 한 번 생각해보자. 과연 명언이다. 금세기 최고의 명언이다. 이건 허풍도 아니고 농담도 아니다. 역사에 기록될 명언이다. 나는 정말 그렇게 생각한다.

그리고 이런 명언을 해설하는 우를 범한다.

일반적으로는 우선 사랑을 하고 그 다음 자연스럽게 육체관계로 이행하는 것을 건전하다고 생각한다.

하지만 그 사랑이 도대체 뭐란 말인가? 부모자식 간의 애정을 제외한 모든 이성 간의 사랑이란 결국 상대방의 체취를 맡는 행위 아닌가. 동물이 냄새로 상대를 결정하듯, 인간 역시 냄새와 촉각, 눈으로 본 느낌으로 90퍼센트가 충족되면 그것을 사랑이라고 하지 않는가. 좀 더 분명한 예가 사랑에 빠진다는 것이다. 이것은 발정과 동의어다.

연애란 발정이며, 연애관계란 발정 난 두 사람의 상태를 가리킨다.

그러니까 당신을 사랑한다는 말은 몹시 애매모호하다. 차라리, 당신과 한 번 하고 싶다고 말하는 편이 훨씬 간결하고 뒤탈도 없다.

요즘 세상에 그런 사람은 없으리라 생각하지만, 만에 하나 사랑하니까 결혼 전까지는 깨끗한 관계를 유지하고 싶다고 했는데 정작 결혼을 하고 보니 궁합이 맞지 않았다면 어쩌면 좋다는 말인가. 냄새나 감촉은 좋은데 테크닉이 영

엉망이든지, 병적인 변태라면 어쩐단 말인가. 호모라면 또 어쩐다는 말인가.

하나 이것은 에이미 씨의 본질적인 테마에서는 상당히 벗어난 말장난.

하지만 요즘 여자들 어느 누가, 육체가 먼저라고 단호하게 말할 수 있을까. 인구의 절반이 여자인데, 과연 몇 명이? 손가락으로 꼽을 정도가 아닐까.

그리고 일본인 여자 작가 가운데 이렇게 딱 부러지게 쓸 수 있는 작가가 몇 명이나 될까? 한 사람도 없다. 야마다 에이미를 제외하면 단 한 명도.

용기가 없어서가 아니라 그런 발상조차 못 하기 때문이다. 솔직히 나 역시 그런 표현까지는 가지 못했다. 아니 이렇게 말하는 것은 오만이니까 정정하자. 그런 발상은 했지만 명쾌하게 말로 쓰지는 못했다. 아직도 오만함이 남아 있다. 겸손함이 부족하다. 그저 나이가 많다고 오만해도 되는 것은 아니다. 우선 그녀는 나오키상을 수상한 작가이고 나는 그렇지 못하다. 앞으로도 나오키상을 수상하는 일은 절대 없을 것이다. 아아, 아직도. 비굴함과 오만함은 동전의 양면이다. 겸허하게 자연스럽게. 그런데 뭐라 말하면 좋을까.

엎치락뒤치락, 말을 쥐어짜내고 있다. 하지만 에이미 씨, 내가 하고 싶은 말은 이런 겁니다.

당신은 내가 아는 여자 가운데 가장 마음이 순수한 여자라는 것. 그 누구보다 근본이 깨끗하다는 것. 무수한 지옥을 경험한 만큼 아름다운 언어를 누구보다 잘 알고 있는 사람이라는 것. 아마도 당신의 오른손은 천재의 손. 나는 당신과 당신이 쓴 글을 좋아합니다(미국인이라면 love라고 표현하겠지요. 하지만 그들은 햄버거도 야구도 love하니까 말이죠).

해설을 쓰게 해줘서 고마워요. 특히 이 작품에 대해서 쓸 수 있었던 행운에 감사합니다. 그 이유는, 또 비굴해지거나 오만해질 테니까 그만두지요.

모리 요코

옮긴이 **김난주**

1958년 부산에서 태어나 경희대학교 국문과를 졸업하고 동 대학원을 수료했다. 1984년 일본으로 건너가, 쇼와여자대학교에서 일본문학 석사학위를 받은 후, 오오츠마여자대학교와 도쿄대학교에서 일본 근대문학을 연구했다. 현재는 활발한 번역활동을 하면서 가톨릭대학교에 출강하고 있다.
번역서로는 『N · P』『TV피플』『키친』『가족 시네마』『소설가의 각오』『냉정과 열정 사이』『GO』『반짝반짝 빛나는』『하드 보일드 하드 럭』『창가의 토토』 등이 있다.

1판 1쇄 인쇄 2006년 7월 25일
발행 2006년 8월 1일

지 은 이 야마다 에이미
옮 긴 이 김난주
담당PD 김혜수
책임편집 김의경, 김혜영
디 자 인 염단야
영업관리 신용천, 이정화

발 행 인 주정관
발 행 처 북스토리
주 소 서울 마포구 서교동 465-19 진희빌딩 102호
대표전화 332-5281
팩시밀리 332-5283
출판등록 1999년 8월 18일 (제22-1610호)

홈페이지 www.book-story.com
이 메 일 bookstory@naver.com

ISBN 89-89675-62-6 03830

※잘못된 책은 바꾸어드립니다.